晓 梦 情 感 治 疗 系 心 理 小 说

COMFORT YOU

谁的心中不曾有伤

心理咨询师的情感隐私录

晓梦◎著

北京联合出版公司

Beijing United Publishing Co.,Ltd.

目录
contents

Chapter 1

谁 要 自 杀？

太诡秘，太压抑了，这里一定有什么古怪。

否则，一位如此气场出众的精英男士，为何要自杀，连他十九岁留学欧洲的女儿也无法改变他的决心？

此外，那一百万灰色收入究竟说明了什么？

One

你真的觉得你了解自己，了解身边最亲近的人，了解这个世界吗？

我，郭嘉懿，前几天刚刚过了四十五岁生日，暖男一枚。作为一名专家级资深心理咨询师，毫不夸张地说，我阅人无数。

然而，在听过来访者讲述了太多隐秘的、诡异的故事之后，我对这世间充满质疑精神，对一切事物保持敬畏心态，反倒喜欢认为自己知道的东西实在有限。

每一个早晨，每一个时刻，即将到来的事物都是不确定的。

"我要自杀。"

在这间不足十平方米的心理咨询室里，早上九点多钟的太阳透过薄纱窗帘，把一抹阳光射在圆形玻璃桌面上，金灿灿的，由于有了纱帘的过滤，这光亮并不刺眼。

一个四十多岁、形象周正、衣冠楚楚的男人用鹰一般锐利的目光盯着我，盯了大约好几分钟，突然说出这么一句话来。

他穿着棕色细格子西装，做工精良，面料一望而知很有档次，显示出这个人有一定的身份。公平地说，即使以我从男性的视角来看，他也称得上有魅力与威慑力的，总之，很 Man。

"我已经做好了自杀的一切准备。"他略略把头转开，补充了一句。

"我要自杀"——这四个字，说得斩钉截铁，不疾不徐；"我已经做好了自杀的一切准备"——后面这一部分，说得缓慢、悠长。

他说这句话的时候，脸上的表情很平静，感觉跟告诉别人"我今天早餐吃了一碗面条"差不多。

我清楚地认识到，这个人说的是真的。

这样一个严肃的、令人望而生畏的男人不可能在一名心理咨询师面前拿自杀来开玩笑。

即使我已经当了十几年心理咨询师，听说过许多匪夷所思的事情，这句话仍然让我吃了一惊。

但我仍然能够努力控制自己，好让脸上的表情看起来显得不动声色。

于是，从表面上判断，我对这句话没做出任何回应，仅仅是眨了一下眼睛，然后沉着地、探究地望着他。

咨询室里突然安静下来。这种安静，肯定会让一个没有经验的人感觉心慌。然而，我和面前的这个男人表现都很正常。

我脸上的表情一直是淡定从容的——这个时候，最好以静制动。

他也不动声色地观察了我几秒钟，然后往椅背上靠了靠，继续说下去："之所以还要找一个像你这样的心理咨询师来进行所谓的咨询，我只是想搞清楚，这辈子，为什么我会陷入到今天这种困境中？究竟在什么地方，我做错了？究竟是我自己错了，还是别人错了？"

他用咄咄逼人的目光盯着我，仿佛是我做错了什么，但我仍然不接他的话。

他转开头，继续说："你千万别费心思劝我，别浪费时间，我心意已定，任何规劝都是徒劳的。连我最宠爱的女儿，今年十九岁，又聪明又漂亮，已经去了德国留学，她是我在这个世界上唯一的牵挂，都不可能挽留得了我。当然，她根本不知道她的爸爸很快就要自杀。"

十九岁的女儿、聪明漂亮、德国留学，这些关键词很容易让人印象深刻。

在说这些事情的时候，他的脸上掠过不易觉察的欣慰之色。

这个人，来者不善。他一开口透露出来的那些信息，实在是太诡异，也太危险了。

应该说我遇到过形形色色语出惊人的人。刚才他走进咨询室，一坐下来就盯着我不放的时候，我已经有一种不祥的预感。

男人之间的对视，很容易产生敌意，所以我避免像他盯着我那样盯住他。

但不跟他对视并不表示我有怯意。我相当镇定，有时候跟他的目光正面对接一会儿，有时候闲闲地看看桌面上正冒着热气的两杯茶，还有白纸和签字笔。

　　这个和我年龄不相上下的男人，他的目光让我想起螃蟹的钳子，钳住了就不放；他的眼睛像激光扫描仪一样对着我扫个不停，我估计他巴不得把我的五脏六腑都透视清楚。

　　在这种目光的逼视下，我觉得非常压抑。

　　不，不行！我不能再沉默，必须立即采取措施，加以干预。

　　"对不起，我记得您姓龙，是吧？龙先生，暂时不要继续往下说了，因为你提到的事情太特别了，我们现在先停下来，我要搞清楚一些事情，我们得达成一些必要的协议，你才能够继续说下去。否则，我宁愿拒绝为你咨询。"

　　那个男人马上住了口，阴郁地望着我。

　　我抓起桌上的笔说："我的助手太粗心，配错了一支笔，我先去把笔换一换，马上回来。"

　　说完这句话，不容他有什么反应，我自顾从咨询室走到外面的办公室，边走边故意大声对我的女助手袁思静说："小袁，你给我换一支笔，这支笔不怎么好写。"

　　我用的是缓兵之计，暂时离开这个让我脊背冒冷汗的男人，去寻找一些有用的信息。

　　袁思静当然马上就明白了我的意思。

　　这个二十三岁的女孩子绝不可等闲视之。她长得眉清目秀，气质相当好，反应灵敏，简直是人见人爱；不但如此，她还是传说中的富家女，年纪轻轻的小姑娘，虽然一个月只能从我这里领到两千来块微薄的薪水——不是我多么苛刻她，而是在长沙，职场行情如此——却开着一辆小小的、崭新的红色甲壳虫。

　　我曾经有意向她打探过，问她爸爸妈妈是干什么的，她非常敏感，只说她家里是开矿的，其他什么也不透露，我只得作罢。每个人都有自己的隐私——我的胸口上，不也梗着一块巨大的石头吗？我又何尝告诉过什么人？

另外，我还知道，这位心比天高的姑娘，虽然身后有一个加强连的追求者，然而她目前依旧独身。

也算凑巧，去年袁思静从湖南师范大学心理学院即将毕业的时候，恰好我在登广告招聘助理，她是从十来个候选人当中脱颖而出的。我对她印象最深的是，她说她早就在报纸上读到过我写的文章，把我当成她的偶像，她的理想就是像我一样拥有一家私人心理诊所，所以特别想给我当几年助手，以后有了经验再慢慢自己独立执业。

经过一年多的磨合，她和我的配合已经不是一般的默契。

我相信自己没有记错，我记得预约登记本上，这个男人姓龙，自称是因为卷入一个职场纠纷，非常烦闷，所以想要做心理咨询。

小袁假装开始找笔，在抽屉里乱翻一气，故意弄得哗啦哗啦响，嘴里还大声念叨："咦，那支笔呢？"

我翻了翻登记本，没错，我的记忆是可以信赖的，何况在他走进心理咨询室之前，我特意温习了这位来访者的相关信息。本子上，这个男人登记的名字叫龙思远。

我眼睛仍然盯着登记本，低声问小袁："这个龙思远，他预约心理咨询的时候，你对他有什么特别的印象？"

小袁飞快地瞄了我一眼，又扫了一眼心理咨询室的入口，似乎是为了确定龙思远没有跟出来，然后压低声音说："他是打电话来预约的，一再要求必须要找男心理咨询师，而且要求咨询师一定要能保密，我说这两点我们肯定能做到。"

这基本上不算是什么特别之处。对心理咨询师的性别提要求比较常见，许多男人喜欢找同性别的心理咨询师；至于要求心理咨询师保密，这就更不用说了，保密是心理咨询的第一原则。

"对了，"小袁想起什么来，补充道，"他还说，不知道我们的心理咨询师心理承受能力是否足够强，胆子是否足够大。我说，请他放心，郭嘉懿老师绝对是省内甚至国内一流的、久经考验的专家，他这才跟我预约您的咨询时间。"

"好，我明白了。"

小袁大声问："郭老师，您是要这支笔吧？"

我提高声音说："对，这支笔最好写。"

我拿着那支笔重新回到咨询室，龙思远立刻目光炯炯地盯住我。

Two

我说："龙先生，既然你决定找我咨询，鉴于你刚才透露的信息过于特殊，我们得要约法三章，咨询才能继续。"

"怎么个约法三章？"

"如果我没有听错，你刚才是说你要自杀，对吗？"

"没错。"

"如果你没有来找我咨询，你自不自杀，跟我没关系，但是你既然找到我，而且一开口就明确地告诉我你要自杀，事情就没那么简单了。"

"我们先不提这个事，先说说你的约法三章吧。"

"好，龙先生是个痛快人，我的几点要求是：第一，请给我至少三个月的时间，这三个月之内，如果没有特殊情况，你最好每周都来一次，在此期间，你必须承诺绝对不能自杀；第二，如果三个月之后你还是要自杀，那是你自己的决定，与我无关；为了证明你的自杀与我无关，我们每次咨询之后，我会制作一份咨询手记，下次你再来时，请你签字确认；当然，这份手记会绝对保密，非国家行为不能公开；第三，既然你把事情说得这么严重，你就必须承诺，你所说的都是真实的。你可以自己加以选择，有些机密信息你可以不提，但只要你说出来，就必须是真实的。就这三条，如果你能做到，我们可以开始咨询；如果做不到，对不起，我不打算继续。而且，这三条不只是口头承诺，我会白纸黑字地写清楚。请原谅，我必须保护自己。"

事实上，在接待来访者的过程中，许多事情需要因人而异。

来访者声称自己要自杀的事，以前也有过，但情形远没有这么严重。一些来访者说自己要自杀，其实根本不是那么回事，他们只是想要引起别人关注，或者宣泄内心不良情绪，不必如此如临大敌。

但龙思远给我的感觉不一样，他让我觉得他是真的要去赴死，而且连我的人身安全都受到威胁，所以，我必须严阵以待。

龙思远想了想说："只要不发生什么特殊情况，三个月的时间，我还是有的。好吧，郭老师，你提的三条，我都答应，但是，我也有三条要求。"

我微微怔了怔，来访者向心理咨询师提要求，不算太反常，但是他严峻的表情让我有些惊讶，我淡淡说："请讲。"

"第一，除非是公检法这样的国家机关主动来找你了解情况，我对你说的所有事情，你不能向任何人透露，包括你最亲近的人；第二，除了我自己亲口告诉你的事，你不能去打探我或者我家人的任何情况；第三，如果我委托你做什么事情，只要不违法，只要你能够做到，你有义务尽可能帮助我，当然，办事产生的成本和责任，由我自己承担。"

他提出的前两条我能够接受，但第三个条件使我非常犹豫。

我说："前面两条没问题，但是第三条，我有顾虑，我要考虑清楚，因为我不知道你可能会让我做什么，所以，第三条必须加上一句，我保留拒绝的权利。"

他点点头说："好吧，就这么定！"

我飞快地起草了一份协议，交给袁思静去打印，然后，我平静地对他说："我们可以开始了，你说下去吧！"

龙思远望着我，眼里有了欣慰之色，他说："郭老师，我之所以选择这么直接地把最核心、最耸人听闻的部分告诉你，其实是想考验你。现在，你已经通过了我的考验，我已经确信你是一个值得信赖而且很有能力的心理咨询师。不然，我最多找你咨询这一次，以后再也不会见你。"

我心里忐忑不安，接待这种心理咨询，实在是太耗费精力，也太危险了；但是，这种咨询很有价值，无论对于提高我的专业能力，还是丰富我的人生视野，都很有帮助。事实上，我确实有野心，希望能够真的对龙思远提供帮助——也就是说，让他打消自杀的念头。这将是心理咨询界不可多得的真实案例。

我呵呵一笑，说："谢谢龙先生的认同。"

龙思远继续说："我刚才跟你说我已经准备好自杀，这基本上是一种定局，我已经走投无路了。"

"为什么你会觉得自己走投无路？能够说得具体一点吗？"

"因为我卷入了一连串陷阱或者说阴谋，不能自拔。这里面的事情太复杂了，而且涉及政治机密，我要想清楚哪些可以跟你说，还有，应该怎么跟你说。要知道，不能说的事情，那就提都不能提，否则，说不定连你都会有生命危险，我不想连累无辜，我必须好好想清楚。"

说完这话他转开头开始动脑筋。

我能感觉到自己的心在怦怦直跳，虽然他本意是不想连累无辜，可是，他把事情说得那么严重，我不能不担心，会不会一不小心我还是可能被卷进去呢？

一股无形的、使我明显能感觉到心脏部位在收缩的恐怖力量似乎开始笼罩我，怪不得龙思远要找一个心理承受能力足够强的男性心理咨询师。

Three

龙思远眼睛盯着窗户，但事实上他什么也没看，他只是在思索。

我眼睛一眨不眨地盯住他。

我和他之间的表情发生了戏剧性的转化，起初是他盯着我，现在变成了我盯着他。

心理咨询师不是警察，我不能够追问他的真实身份、所在单位，甚至连发生过的具体事情，也只能是他说什么，我就听什么，我不应该主动去打探他不情愿说出来的任何话题。总之，依照心理咨询的基本规则，我根本不能对他寻根究底，而他却可以向我提出任何问题或者拒绝回答我的任何提问。

我的任务只是在他愿意的范围之内，为他提供专业的心理帮助，替他放松心情、减小心理压力。大多数时候，我必定是被动的。

"龙思远是一个虚构的名字，只有在你面前，我才叫龙思远。"他终于再次开口了。

"谢谢您的坦诚。"我笑着点点头。

"郭老师，请你原谅我，我不能告诉你，我的真实姓名和单位，但是我承诺我说的事情都是真实的。目前可以透露给你的信息是，我在一个机构里还有点小权力。还是先跟你谈谈我的女儿芸芸吧，因为我现在最愿意谈的就是她。她是个很有悟性、心性又高的孩子，她自己曾经说过，如果考不上清华、北大这样的一流学校，就去国外留学。去年，她以五分之差与北大失之交臂，然后，就想去国外读书。我刚才告诉过你，我女儿已经在德国留学。我准备了一百万块钱给她，是人民币。你一定愿意知道，这一百万是怎么来的。"

一百万，我在心里琢磨这个数据。

目前一百万可以在长沙市中心买套一百二十平方米左右的房子。除去固定资产，我本人的现金存款还不到一百万，而我已经算得上是中产。

龙思远叹口气，喝了一口茶，而后接着说："这一百万块钱的来历，是我可以告诉你的，不过这肯定不是什么可以理直气壮摆到桌面上来的阳光收入。事情是这样的，一个房地产公司的老板，我就叫他方老板，他参加一块地皮投标的时候找我帮忙，要我跟另外两家参与投标的公司打招呼，让他们不要参与竞价，方老板愿意给那两家公司各补偿一百万。因为那两家公司的老板是我的朋友，而且那块招标的地皮并不算太大，如果竞标不激烈，总价值也就几千万，所以让那两家公司放手应该不是什么难事。方老板承诺事成之后给我一百五十万。我知道这样做是违法的，但是，这种做法目前非常普遍。

"说实话，那段时间，我正在琢磨送芸芸去国外留学的事。我家里的财务状况只能算一般，我的爱人阿玲是一名律师，我不想让她太辛苦，加上她要照顾孩子，事业做得只是一般，一年的收入也就十万左右，何况这几年家里又买了新房，现在要一下子拿出几十、上百万，我们的现金积蓄肯定是不够的，可能要考虑卖掉一套房子。方老板正好这时候找我办一件这样的事，让我非常动心。其实我所在单位的业务范围，跟土地毫无关系，找那两个老板打招呼，纯粹是一种私下里的个人行为。当然，话又说回来，假如我手里没一点实权，人家凭什么听我的招呼？只是打个招呼，不会留下任何对自己不利的把柄，就能拿到一百五十万，说实话，如此低风险高回报的机会并不多。我考虑了几天，还就法律方面的问题向阿玲咨询，当然我没说是我自己要参与这样的事情。阿玲说方老板他们那种行为属于串通投标罪，而像我这样收钱则算受贿，至少也是巨额财产来源不明，都是违反刑法的，是可能判刑的。我几经犹豫，最终还是答应了方老板，跟另外参与竞标的两家公司负责人打了个招呼，要他们放水。果然，那两个负责人很给我面子，在现场没举牌。方老板一拿到那块地，马上答谢了那两家公司，一百五十万也立刻送到了我手里。他送的是现金，是用一口皮箱装给我的。阿玲问我怎么会有这么多钱，我说是找朋友借的，我有办法还，让她不用担心。

"这辈子，我是第一次看到这么多钱。我不是标榜自己，其实我以前一直算得上是一个比较清廉的官员。如果我想贪，拿钱的机会当然是比较多的，只是，以前涉及的事情数额都没这么大，加上，我以前也没什么事缺钱用，所以，许多钱即使往我手里送，我都拒绝了。其实我有不少亲戚朋友是做生意的，我已经看明白了，这世道，如果你手里有权，有资源，想要挣钱，易如反掌；反过来，如果你一无所有，仅仅想要靠自己的努力去挣钱，不是完全不行，但是，能赚钱的机会少得可怜，想要赚大钱，说得夸张一些，简直比登天还难。当然，极少数幸运的、有眼光的、能吃苦的人除外。

"我刚才说的是一百五十万，一百万给芸芸留学用，另外的五十万，我仍然存在一个秘密账户里。郭老师，说不定有一天，我会请求你帮助我拿这五十万去派上一点用场。具体用来做什么，我现在还没有完全考虑清楚，到时候再说吧！"

我吃了一惊："为什么想要让我来帮你？我跟你非亲非故。"

"就是要非亲非故又值得信任的人才方便来帮我。要不要你帮忙，这个我还没考虑好，而且现在的情况也还没到非要你帮忙不可的地步，到时候再说吧。你放心，我绝对不会拖累你。"

他看看自己腕上的表，说："哦，时间已经超过了。以后，我每次咨询，就按你们的标准时间吧，一次一个小时。"

看来他对我们这个行业已经做了一些了解。

这次咨询时间总计一个半小时，我笑笑说："这是我们第一次打交道，没关系，就按一个小时收费吧，一共三百块。毕竟，刚才我写协议也花了些时间。"

龙思远呼出一口气，平静地说："不，我会交四百五十，我占用了你一个半小时，做人要公平。看来，我确实找对人了，跟你交流一下，我心里轻松了很多。不过，最沉重的话题，也就是我陷入的那个圈套，还没到告诉你的时候。到底该什么时候告诉你，甚至最后要不要告诉你，我自有分寸。"他脸上的表情非常严肃。

说实话，送走龙思远，我的心情变得很沉重，这颗心揪得紧紧的。

当然，心理咨询师有办法随时调整自己的心态。

袁思静走进来，看看我的脸色说："今天来的这个人是不是很奇怪？"

我叹口气说："关于这个人，我什么也不能跟你说，不是'奇怪'两个字可以形容的，你没看到我大伤元气吗？"

　　袁思静非常清楚我们这个行业的规则，不是每个来访者的故事都可以当作案例来讨论。

　　她调皮地笑着说："但愿下午来找你咨询的美女作家能让你恢复元气。"

　　我虚弱地、长长地叹口气，对她摆摆手，示意她回自己的位置上去。

　　我暂时没精神理会她，更没精神理会什么美女作家，而让我如何也没预料到的是，这个陌生的女人会以她的方式深深地参与进我的命运中。

Chapter 2

美 女 作 家

心灵黑洞？看起来如此阳光的女助手会有心灵黑洞？

女作家自身又有什么严重的弱点？

读懂自己和他人，是世界上最难的一件事。

在心理专家面前，女作家对自己产生某种顿悟。

One

"郭老师，下午美女作家雪晴来找你咨询的时候，我想请她签个名，会不会有什么不妥？"袁思静挥舞着手里的书兴高采烈地说，"我好喜欢她写的这本《花非花》。"

十二点，我一个人在咨询室里吃套餐的时候，袁思静推门而入。

不知道这世道怎么回事，是个女人，就要被称为美女。美女已经成了中性词，仅仅表示性别，不再是一个褒义词。

听袁思静说起"美女作家"这个词的时候，我觉得我的心被麻了一下。我并不指望一个来咨询的女作家真是美女，我从来没见过她。何况，通常来说，如果一个女人很有才华，能够当作家，是美女的概率就更低了。

我慢条斯理地把嘴里的一口饭咽下去，然后对袁思静说："你自己觉得呢？你要我说的话，我当然认为是不妥的，至少目前找她非常不合适。你最好假装不认识她，否则，说不定她会有顾虑，她毕竟是来找我做心理咨询。"

袁思静夸张地耸耸肩说："也是。唉，这么好的机会，眼睁睁地不能用，真浪费。"

让她如此扫兴，我有些不忍，便问："什么《花非花》？这本书是写什么的？"

"嗯，这本书，是讲不同年代女人的爱情故事，是一本爱情心理小说。在这本书里，不管是二十几岁的女人，还是四十岁的女人，都在追求爱情，后来才发现爱情只是自己心中的幻影。哎，郭老师，我想知道你这个年龄段的男人，对爱情怎么看啊？"

"爱情？那要看你对爱情怎么界定。"

"就是那种认定一个人，很爱他，爱到脑袋发晕，不能没有他，一定要跟他一起白头到老。"

"哈，你还挺浪漫。怎么说呢？这种爱情太过梦幻，一点都不现实，而且它通常是阶段性的。不过，真要有机会陷入这种感情，倒还真是非常美好的体验。你刚才说雪晴写的是爱情心理小说，那她应该也懂心理学了？"

"当然懂啊！人家也是一名心理咨询师呢！我是她的铁杆粉丝，她所有的书我都看过，都有五六本了，大部分都是讲爱情的。我很好奇她为什么要找你做咨询，可能是想要你督导她吧！毕竟专业这一块，您应该比她强，比她更有影响力。"

"最好不要瞎猜，容易犯错误。"

"哈哈，我犯不犯错误没关系，郭老师您别犯错误就行。"袁思静笑着扔下这句话和那本书，就走了。

唉，这丫头，说话真是越来越放肆。

吃完饭，我歪在沙发上，翻看袁思静留下来的那本《花非花》。

应该说，这本书讲述的是不同年代的两名女性的爱情观日渐走向成熟的故事。不同年龄段、不同性格的两个女人，经历了一些或常见或离奇的故事，有梦、有血光、有悬念，算得上一本不错的小说。

翻着翻着，倦意顿生，我得稍微休息一下，好让自己有足够的精力跟这位女作家过招，上午应对龙思远让我的精神疲惫不堪。

"您好！请问您是哪一位？"

"你好，我是雪晴，昨天QQ里预约了这个时候找郭老师咨询。"

"雪晴老师您好，我是郭老师的助理袁思静。您稍等一下，我进去通报一声。"

迷糊地躺了一阵，我已经清醒过来，听着门外两个女人的对话，我忍不住要赞赏一下袁思静。她是雪晴的粉丝，因为我刚才说过要她最好假装不认识雪晴，她果然真的做到了，而且做得那么自然。而我连忙把雪晴那本书藏进抽屉里。

雪晴出现在咨询室门口的时候，说实话，我的眼前亮了一下。

她穿着一件浅色的小西装，西装里的打底衫是白色的，与之搭配的裙子，式样比较传统，长度及膝，但颜色却非常鲜艳，让人过目不忘。

在我的印象当中，过于鲜艳的东西，特别容易让人觉得俗，可是那条裙子的颜色虽然艳，却艳得不失雅致。给人的整体感觉，这是一个非常优雅的女性。那条艳丽而雅致的裙子传递出来的信号是，这是一个貌似中规中矩，实则大胆热烈的女子——假如她自己愿意大胆热烈的话——显而易见，她的心底奔涌着许多激情。

我还注意到，她似乎没有化妆，看起来还比较年轻——说她看起来年轻，其实就是不太年轻了，只不过是显得年轻。我想，这应该是她精神状态好，而且善于打扮自己的缘故。

这年头，除了非常年轻和明显年老的女人，判断一个女人的年龄是一件费力不讨好的事——判断起来有难度，判断错了很容易得罪人，有时候判断对了还是得罪人。

眼前这个雪晴，往年轻里猜，你可以猜她三十岁，甚至二十七八岁；往年龄大一点猜，恐怕可能四十岁了，比我年轻不了多少。

不过，在她的神情间，我捕捉到了一丝天真的、纯净的孩子气。

根据我的经验，一个中年女子依然孩子气的话，不是极其可爱，就是极其可怕，基本上没有中间状态。

眼前这个让我心底微微掀起波澜的女作家，我还不能下结论她到底是属于哪一种类型，因为做心理咨询师时间长了，就明白真的不能够完全根据外表来判断一个人。

但愿，她不是一个极其可怕的女人。

Two

雪晴大方得体地对着我微笑。

这名女子，脸上毫无悲戚之色，精神状态也非常好——甚至比我还精力充沛，说实话，我刚才没休息好——她为什么要来咨询呢？

我有些困惑。

"郭嘉懿老师，久闻大名，早就想来拜访您了。"雪晴笑语盈盈。

"这么说，我们的美女作家不是来找我做心理咨询了？"我含笑着半真半假地将她一军——如果面对的是一名需要帮助的来访者，我肯定不会这么做。因为知道她是同行，说不定此人此时别有用心，所以我没必要把自己的姿态摆得太低。

"我当然是来做心理咨询的，同时也是来向您学习的。我经常在报纸上看到您回答读者提问，觉得您非常有思想，嗯，是个有大智慧的人。"她正色说。

听起来，这位美女作家表现得还比较心诚，至少她给我的高帽子让我觉得很舒服。当然，我不会因此放松警惕。

"学习不敢当，我们可以共同探讨一些话题。"我微笑着说。人还是要将心比心，既然她是诚心的，我当然也要有诚意。

"嗯，我想找您探讨的话题是，我怎么才能在写作上有所突破。"她脸上的笑容不见了，取而代之的是忧虑之色。看来，美女作家雪晴已经取下了她的面具。

"你觉得你的写作遇到问题了吗？"

"不算遇到问题吧，怎么说呢，就是觉得自己进步不够明显，没有取得突破。我对我自己是有期待的，我觉得我的写作起点不低，基础也很好，所以，我的目标是成为一名非常优秀的作家。"

"你愿意谈谈你的写作经历吗？比如说，你的第一本书？或者，你第一次对写作感兴趣，那是什么时候？"

她没有回答我的问题，而是交叉双臂，抱在胸前，转头对着窗外发呆。

我也不打扰她，而是不动声色、饶有兴致地开始观察她。

是的，这是一个中等姿色，并不让人惊艳的女人——当然，如果有谁爱上了她，肯定不会再认为她是中等长相，会觉得她相当好看——她五官端正，气质很好，让我想起一位名叫严歌苓的旅美女作家，我读过她许多书，也看过她的一些图片，虽然她们两个人成长的年代不同，环境各异，气场应该是很接近的。

"郭老师，你的问题问得相当好。就在刚才，千千万万过往的事，千千万万种感觉，都在瞬间向我涌过来。我不知道该怎么回答你的问题，我只是突然觉得，我其实天生就是要当作家的。只不过，我走过了太多曲曲折折的路，似乎最近才找到方向。"

"你是说，你觉得自己天生就是要当作家的？"

"关于这一点，可能要用许多话、许多时间来回答。"她放开自己的双臂，把手放在椅子扶手上——这是一个表示开放的动作。

雪晴的答案，让我想起民国才女林徽因和梁启超之子梁思成之间的问答。婚前，梁思成问林徽因："有一句话，我只问这一次，以后都不会再问，你选择的，为什么是我？"林徽因答："答案很长，我得用一生去回答你，准备好听我了吗？"

看来，天下才女都是一样的，特别会措辞。当然，每个才女都有属于自己的传奇。

我准备好倾听雪晴如何成为作家的故事。

Three

"我以前从没想过要当作家，也不知道自己真的能够成为一名作家。近些年因为一些偶然的机缘出了几本书——以后我会告诉你关于我的第一本书——这才发现自己很适合走写作这条路。然后，你刚才的问题，让我突然发觉，原来我天生就具备了不少当作家的条件。

"我有一个孤单的童年。其实，用'孤单'这个词来形容自己的童年，表面上看起来似乎合情理，实际上却是值得研究的。事实上，在我的记忆里，不管在哪里，我身边都是有一些小伙伴的，可是，为什么我还是觉得孤单？这说明可能我天性就比较敏感，对感情与关怀的需求比别人多，而且能够感觉到这种需求，所以才会觉得孤单。"

我点点头。

雪晴的话是对的，不记得我在哪里看到过这么一个观点：孤单感是艺术天才的特质。我认真听她接着说下去。

"我小时候想象力就比较丰富。比如，我会把最简单的洗碗变成一次两性之间的大战。洗碗的时候，我常常会洗很长时间。我喜欢让一把筷子变成两支军队，圆头的那一端是女子军，方头的那一端是男人部队，随手把筷子抓起来，先数一数某一端，女子军有多少人，男人部队有多少人，然后两军开战，有时候让女人赢，有时候让男人赢。不一定按数量决定胜负，常常可以以少胜多，总之，看我高兴，想让哪一方赢，最后就是哪一方赢。如果女人赢了，那一端全部变成圆头；如果男人赢，那一端全部是方头。之后才会把洗好的筷子放进筷子筒。小时候，这样的战斗，每次洗碗都会进行，我乐此不疲。"

这个故事有些意思，我暗想，尤其关于男人和女人之间的战争，应该需要加以讨论。

"呃，雪晴，你说的小时候，小到什么时候？"

"嗯，我想想，应该是七八岁到十岁。"

"哦，这个年龄段你就觉得男人和女人是敌对的？"

雪晴愣了愣，说："我没想过这个问题。我看看，应该是我爸爸妈妈特别容易吵架，他们真是动不动就吵，为家务、子女教育，吵架是他们的交流方式，所以我会从小就有这种意识。"

我了解地点点头，雪晴笑笑，继续她的"探索"。

"我从小就特别喜欢看书，记得我们全家曾经在一个偏远的小乡镇生活过一段时间，我父亲曾经是那个乡的武装部长。我记得那时候我在上小学三年级，两个弟弟都还在幼儿园，家里的经济条件并不宽裕，父母很少给我们零花钱，而且我妈妈从不喜欢让我看课外书，连借来的都不许看，说那是闲书、野书，所以，我只能自己偷偷跑到邮局的柜台上去看。去的次数多了，邮局的一位工作人员，一位很和蔼的中年男子，都认识我了。然后有一次我就问，我可不可以订购那些图书，从我爸爸的工资里扣钱？他望着我，犹豫了好一阵，问我，你爸爸是谁？我说出我爸爸的身份和名字，他再犹豫一阵，点头说我可以去柜台看书。后来我真的每次都可以去看书，或者借走小半天，在我的记忆里，我似乎还领走过几本书，不过，记得不真切了。"

她停下来，皱着眉想了一阵，似乎想搜索到一个可靠的记忆片段。过了一会儿，她吐口气，继续说："事实上，他不可能真从我父亲的工资里去扣钱，我不知道那个人是怎么解决这个问题的。他有一个和我差不多大的女儿，我记得他女儿的名字叫贤芝，长着一张圆圆的脸，很爱笑，还记得有一次我去小镇河边玩，她也在河里踩水，非常开心。到现在我还记得那位男子的模样，个子不高，面容很和气。之所以记得这么清楚，是因为他最早满足了我读书的愿望。就这样，孤单、幻想、爱读书，是很容易催生一位作家的。"

"郭老师，我发现你很少说话。"雪晴讲述了一阵，突然把矛头指向我。

"因为你在分析、回忆、觉察你自己，这个时候，我不应该打断你，我愿意当最好的听众。你刚才说的几点，孤单感、敏感、想象力丰富、喜欢读书，确实是成为作家的条件。"我微笑着回应。

她望着我，微微一笑，然后又恢复了双臂交叉放在胸前的姿势，再一次陷入回忆。

她在寻找她自己。我凝视着她，在她的眉宇间，我感受到了思维的活力与魅惑。毫不掩饰地说，我对她的好感更浓了。

"我的写作潜力得到初步发现是在初中阶段，一位姓李的语文老师最先对我的作文进行肯定。我对两篇习作印象深刻，一篇是写狗的，我现在还记得那篇文章的开头：'狗是男孩子的爱物，说起来可笑，我，一个女孩子，竟然也喜欢起狗来了。'我记得李老师在开头旁边的评注栏里写道：开头新颖。"

说"开头新颖"几个字的时候，雪晴唇边浮起笑容。

"其实优秀的老师一定要有一双善于发现的眼睛。如果不是李老师发现了我的优点，并且欣赏我的作文，我想，我自己是没有判断力的，我根本不知道我的作文写得好不好，也就得不到鼓舞和激励。"

说完这一段，雪晴探询地望了我一眼，我缓缓点头。

"我的另一篇作文是写一位举止有些奇怪的老人。读初中的时候，课余时间我特别喜欢到教学楼后面的小花园里去玩，有时候是我一个人，有时候和一两个同学一起去。我发现了一位老人有着非常怪异的举动，他在小花园里慢慢散步，然后会在一个瓦片上放小石子。我只是有了这个发现，但观察得不够仔细，也没跟他搭话，我不知道他在瓦片上放小石子究竟是什么意思，反正只要他在，瓦片上总有好几颗小石子。当然，也可能我问了他，但是他不理我。后来，我就根据这个发现自己杜撰了一些元素，写了一篇作文，说自己起初怀疑那个老人是间谍，他放小石子是某种暗号，后来才真相大白，说那个老人是一名退休的英语教师，他放小石头是在记英语单词。这个真相当然是我自己想象的，强加的。其实，也许老人只是在花园里散步，小石头可能是用来计数的，走一圈，放一颗小石头，谁又知道呢？如今老人估计早已去世，真相已被带进坟墓。李老师觉得我写的事情非常生动有趣，把这篇文章当范文在班上朗读，他写的批语是：'题材新颖，讲述生动，是一篇难得的好习作'。其实，这篇文章得到表扬不仅要归功于我自己的想象力，还应该归功于李老师的发现力。"

"不知道为什么，现在想起这些往事，其实很美好，却有淡淡的惆怅。"雪晴轻轻叹息，然后长时间沉默。

"你惆怅，也许是因为过去的已经过去，不管它多么美好，都不会再次重现。人偶尔总会缅怀往昔，不过，也许还有一个原因，就是因为你对自己的现状不够满意，所以，当你回忆从前，就会惆怅。"我微笑着试着为她做解释和判断。

"对，是这样。"她淡淡回答。

"雪晴，我想问你一个问题。你对刚才接待你的袁思静印象怎么样？她是我的助手，你能对她进行一番描述吗？"

"为什么要问我这样的问题？为什么要让我描述她？"雪晴大感意外。

"你先回答，等下再告诉你我的用意。既然你找我咨询，就要尽可能遵照我的要求。当然，如果你实在觉得很为难，那就算了。"

"不为难，让我想想。"

雪晴歪着头想了好一阵，才说："嗯，我感觉她长得很秀气，非常漂亮，不过，很可能她只是表面上看起来显得阳光，而实际上她是那种心灵有黑洞的人，也就是说，她在成长的过程中，极可能有某种非常严重的欠缺。"

严重欠缺？黑洞？袁思静的心灵有黑洞？雪晴为什么会有这种感觉？说实话，我大吃一惊。

Four

诚实地说，对于袁思静，我从来没有这种感觉。在我眼里，她是个比较快乐的女孩子。

事实上，我自己才是心里有黑洞的人。

我的脑海里闪过一张白发苍苍的老妇人愁苦的脸，她对我说："请你给我的老二写一封信，让他快点回来。"

我赶紧把头转换一个角度，甩掉这个影子。

心灵深处巨大的黑洞，使得我无数次在夜里醒来的时候，不知道自己是谁，不知道身在何方。想到这里，我的心隐隐痛了起来——又是那块石头梗得我痛，然而十几年的心理咨询师生涯，让我早已把内心不愿为人所知的部分成功地隐藏了起来。

但这种隐藏是不彻底的，因为每隔一段时间，还有一些事情需要我自己去面对——我必须亲自面对。

雪晴为什么会对袁思静有这么奇怪的感觉呢？她的感觉是对的吗？但此刻我不便表示我的惊异，因为我对袁思静不够了解，我们一直只是工作上的关系，也许，我对她的关心太少、太表面化了。

我于是淡淡说："不错，你对她的感觉很特别。不过，细节呢？你注意到了什么细节？她的头发、眼睛、穿着打扮，你注意到了什么？"

雪晴一下子呆住了，她喃喃说："细节？我居然想不起太多细节。我没注意她穿的衣服是什么样子、什么颜色，没注意她的头发是直的还是卷的，是黑色的还是染了颜色，甚至她是长头发还是短头发，我都记不起来了。真奇怪，我还真是忽略了所有的细节。"

她皱眉困惑地想了一阵，然后突然提高声音说："郭老师，我明白我自己的一大缺陷了：我观察力不强，太不注重细节。说不定，这也是我作品当中的一个大缺点。"

我说："不一定是缺点，也许是特点。其实，每个人都有自己的特点。我要你描述袁思静，就是想考考你的观察力。你是一个想象力丰富，对感觉把握很独特的人，也就是比较敏感。当然，如果能进一步培养自己的观察力，注意一下细节，对你写作，肯定是有帮助的。"

"郭老师，太感谢你了！我觉得我今天在你面前对自己有一个非常重要的领悟。确实，我的观察力太不强了，确实我也要提醒自己，以后要重视事情的细节。真的，我感觉非常有收获。时间也差不多了吧？真是太感谢你了！"

袁思静送走雪晴，走进来笑着对我说："雪晴对你的评价很高呢！她下周同一时间还会再来。"

望着袁思静甜美的笑容，想起雪晴对她的感受，我的心里充满困惑。笑容和黑洞，哪一个才是真实的？是的，我对自己身边的人太不了解了，我以后要多给自己一些机会，多了解一下袁思静。

我温柔地望着袁思静说："是吗？得到美女作家认可，很荣幸啊！对了，明天有什么安排？"

袁思静却不跟我的目光对接，而是有些羞涩地低下头说："明天下午三点有一个心理咨询预约，章雨菡会过来。"

羞涩！我应该没有弄错，确实是羞涩。

我很奇怪自己此刻注意到了袁思静害羞的表情，是因为以前我从来没注意到，还是，以前她在我面前没有这样的神情？

我是真的一头雾水。正如雪晴观察力不够强一样，我很不敏感，但每个人都有自己的盲点，算了，还是想想明天的工作吧！

　　章雨菡，那个健康秀丽、大学刚毕业就为一个富裕家庭代孕的女孩子，她不知道自己选择的，其实是一条多么艰险的路。

　　我忍不住为她叹息，而明天是她第二次来见我。

Chapter 3

命运带我去哪里，我就到哪里

心理医生偶尔试图触摸自己胸口的巨大黑洞。可是，不行，他无法去面对。

"郭老师，快来救我！"电话里传来美丽女助手焦急的声音。

One

张曼玉说自己不是天使，"命运带我去哪里，我就到哪里。"

准备下班的时候，在关闭我的新浪微博之前，看到上面这样一行字，我心里微微动了一下。

最近网上传言张曼玉那位比她小七岁的异国男友与别的小美女约会，她本人暴瘦离京。

暴瘦！

想想一个珠圆玉润的红颜，若真是骨瘦如柴，会多么令人心痛。

我一直有意无意关注着林青霞、张曼玉这两个明星，不只是因为她们年轻的时候是大美女，也许更因为我们的青春期和她们的成名期差不多是同步的。哪个男孩子的梦里没有一两个或远或近的女孩儿？

对了，现在流行说女神。

我懂事的时候，她们恰好在屏幕上大红大紫，可以不夸张地说，她们当时确实是无数少男的梦中情人。

比较一下这两个人，林青霞是经历过一段感情挫折后，嫁得富商，住着上亿元的豪宅，功成身退，最近复又掀起一阵波澜，出了一本自传，铺天盖地做着宣传；而张曼玉呢，我不知道这次关于她被抛弃的传言是否属实，但这名美女多年来情路坎坷，倒是不争的事实。

事实上，如果一个人在感情上屡屡失意，那么这个人一定是需要做心理咨询的，一定要去做。此人要么是内心有巨大的欠缺不曾弥补，要么是追求完美而不可得，还可能是因为有自己都没有意识到的某种心理障碍，或者，这个人完全不了解自己。总之，一定是有原因的，甚至在某种程度上可以这么说，他的一系列情场失意完全是自己招来的，可能这样的人内心存在某种强迫性重复的因素。

我突然想，如果有可能的话，我愿意为张曼玉做心理咨询。虽然她蜚声海内外，但是如果她来到我面前，那么，在某种意义上，她和我的任何其他来访者都没有区别，都有生命早期的创伤，都有生命中的关键人物和事件，都有被蒙蔽的自我，是的，和其他人没太多两样——当然，也可以说，与其他人截然不同，这要看从什么角度去理解。

为张曼玉做心理咨询？

我对自己的这种突发奇想感到惊讶。

其实突然冒出这么个要为她做心理咨询的念头来，是因为我发自内心地怜惜张曼玉，而不是想满足自己的好奇心，更不是想借助她成功成名。

不过，且慢！

从心理学的角度来说，既然我心里马上冒出来两个"不是想……"

"更不是想……"，那就说明潜意识里，说不定恰恰有"我是想……"
"我更想……"的成分。

我忍不住微笑。心理学，确实是一门非常有意思的科学。

"命运带我去哪里，我就到哪里。"应该说，这是一个心理成熟
的人应该拥有的心态，也是我个人的信条。我不知道张曼玉是发自内
心地认同这一点，还是，只是借用别人的话，嘴上说说而已。

可惜，像我这样一个只是在某个地域稍稍有点儿小小影响的心理
咨询师，要和像张曼玉这样的国际巨星对话太难了。何况，也许我的
动机会遭到各种猜测和抨击。算了吧，收起这份心吧！我希望张曼玉
一定要去找一个优秀的心理医生做做咨询。

从某种理解来说，她能够说出这样一句话，我猜，她应该是有自
己的心理咨询师的。罢了，还是别替别人担忧了。

Two

我的"嘉懿心理咨询工作室"离家很近，两者之间正好隔着一座
公园，每天上下班只要穿过这座公园便可，步行只要十来分钟。

此时正值中秋时节，满园桂花飘香，一两片黄叶悠悠摇落，走在
公园里，真是让人心情舒畅。我深深呼吸，陶然欲醉，索性找了一张
桂花树下的长椅坐了下来。现在下午五点多钟，公园里的人大多回家
张罗晚餐去了，游人很少，正好适合做一些不受打扰的思考。

我先给家里打电话。是舒馨接听的。

"老婆大人，请假一个小时，六点半到家。"我一本正经地说。

"请假一个小时？大专家，你搞什么鬼呀？"舒馨的声音都透着
笑意。

"我想在公园里坐一坐，桂花开得好香。要不，你带女儿过来，我们一起散散步？"

"可心在做作业，她今天作业太多了，没时间去玩。我让英子晚一点炒菜。好，就这样。我要去看女儿做作业了。"她匆忙把电话挂了。

十岁的小学生，作业怎么会那么多？我估计舒馨今天可能又准备了一堆卷子给女儿做。在对待孩子教育这个问题上，我跟舒馨总有些意见相左。

舒馨是一家公司的财务主管，工作比较有规律，业余有时间照顾孩子，当我们两个人实在都忙的时候，家里请的小阿姨英子也会帮我们带带可心。可心又漂亮又懂事，谁照顾她都不费力。

我一直觉得，小学生，学习成绩不是很重要，只要好好关心孩子，让他们健康快乐地成长，对学习有兴趣就行，不要做太多作业。其实，如果能够真正做到让孩子对学习有兴趣，他的成绩肯定不会太差，可是舒馨总是振振有词："别人家的孩子都请老师一对一到家里去教，我们的孩子也还是要稍微抓紧一点吧？到时候考不上重点初中，就很难进重点高中，进不了重点高中，想考好大学就没门了。想让她读一所好的大学，就要从小抓起。"听听，这话似乎很有道理。

我跟舒馨的感情一直不错，不想老为孩子教育的事跟她发生争执，所以大多数时候我只好由着她。只是，我会巧妙地经常抽空把可心带出去玩，或者吃大餐，让她暂时脱离"苦海"。

非常欣慰，在我这个心理咨询师父亲的眼里，可心是个身心都很健康的孩子。

命运是如何把我带到心理咨询师这个角色中来的呢？我慢慢组织着相关的线索。也许潜意识，我想去面对一些自己通常在逃避的东西。

可是，每次回忆往事的时候，我的本能总会略去我读大学那一段。是的，我生命中最痛苦的那些事，都发生在大学期间。

不，不能想起，一点都不要记起来。因为一旦触及相关信息，我就觉得胃痛。目前我的生活圈子里，没有任何人知道那一段过去，包括舒馨。

我皱皱眉头，把大学期间发生的一段往事暂时抛开了——每次都只能暂时移开，不可能真正忘记。

还是从这里开始吧，大学毕业后，我到一家医院去报到。

我本来是这家大医院的神经科医生。二十世纪九十年代初，我们医院参加卫生部评"三级甲"医院，需要设立心理咨询的相关科室，也许因为我平常比较受病人欢迎，院长把我选去进修，参加心理学培训，加上我本人对心理学一直有兴趣，就这样，我转行成了一名心理医生。再后来，因为渴望有更多的个人自由，于是我从医院辞职，开了这家以我自己名字命名的私人心理诊所。

目前人们还没有养成心理咨询的习惯，国家医疗体制也还没有把心理咨询纳入医疗保险，所以，靠心理咨询能够养活自己的人，实在屈指可数。因为回头客以及别人介绍的来访者比较多，我有幸成为少数派。

我想，应该是对人类内心的关注和对自由的向往，让我最终成为一名心理咨询师吧。当然，我怀疑，也许还因为我自己的内心有太多负荷，有太严重的不可碰触的伤痛，所以我最终走上了这条路。

Three

我和舒馨认识，其实也算托心理咨询的福。那时候，舒馨有个女朋友，叫杨美英，本来她就要和男朋友结婚了，结果男朋友出了车祸，撒手人寰。杨美英伤心欲绝，舒馨每次都陪着她来做心理咨询。

我承认，我第一眼看到舒馨的时候，就喜欢上了她，她也说对我一见钟情。两个单身状态的年轻人，如果彼此欣赏的话，那种好感是不可能隐藏得住的。一来二去，我跟比我小六七岁的舒馨走进了婚姻的殿堂。

我们的婚礼非常简单，只请了两桌客人，一桌是舒馨的父母家人以及我的朋友，还有一桌是舒馨非常要好的朋友，包括杨美英。

舒馨后来有些遗憾地说："嘉懿，要是你的父亲母亲还在世，他们一定会非常高兴。"

我不语。

此前我简单告诉过舒馨，我是个苦命人，父亲母亲都不在了。

不在了，这三个字，意思表达得比较含糊。当然可以理解为父母已经去世，事实上，还有别的理解方式。

舒馨本来想问个清楚，但是，一提到我的家事，我就会拿别的事情岔开。

好在，舒馨总是很体谅我，我不愿意谈的事情，她从不过分地追根究底。

为什么我如此不能面对我的过去？我在心里暗暗问自己，但总是一声叹息。

为什么对妻子都不提起自己的过去？在经营得比较成功的亲密关系里，妻子该是一个男人生命中最重要的人。

事实上，有一个不少人都没注意到的秘密是，如果一个男人想要取得事业上的成功，他必须找一个非常贤惠贴心的妻子。这个作为妻子的女人，不能太任性，不能太漂亮，不能太聪明，她要发自内心地愿意照顾自己的男人。否则，一个男人一天到晚焦头烂额地围着家庭转，很难取得事业上的成就。这种想法当然有男人的私心在，但却是不争的事实。夫妻双双事业有成，这样的结合是极其少有的，现实生活中的搭配，大多是一盛一衰，反倒能够达成和谐之美。

这里面又有一个悖论。事实上，容易迷住男人的，恰恰就是那些任性、漂亮、聪明的女人。所以，一个男人需要懂得取舍。当然，假如有这样一个女人，有个性，又漂亮又聪明，还特别愿意照顾这个男人，那这个男人当然是中了头彩。只是，这样的梦，少做为妙，概率太低了。

舒馨是个中间状态的女人。她也还漂亮，也还聪明，也还愿意照顾我。但，并没有特别突出的优点，一切都是中等偏上水平。总之，有一个这样的妻子，我很知足。

一对三岁左右的双胞胎来到我身边停了下来，她们睁着圆溜溜的黑眼睛齐齐望着我。我承认我面善，男女老少都容易喜欢我。

我的思绪被两个漂亮的小女孩儿拉回了公园，我轻轻捏捏她们的小手，她们居然一点都不认生，我问："好漂亮的小姑娘，你们叫什么名字啊？"

一个说："我叫蜜蜜，她叫甜甜。"那个叫甜甜的小姑娘却不作声，只管上下打量我。

"甜甜，蜜蜜，我们走啊，要回家吃饭啦！再不走，妈妈一个人先走啦！"大眼睛、脸圆圆的年轻妈妈喊她们走，同时对我友好地笑了笑。

"这两个小女孩儿，真是漂亮啊！你好有福气！"我由衷地感叹，这么一对可爱的双胞胎，走到哪里都是众人关注的焦点。我的女儿可心也一样，因为是个小美女，走到哪里都有人赞叹。

"啊，是有福气，可是带两个小家伙，好累人。"

"累也值得！这么可爱的孩子！"

年轻妈妈对我笑一笑，一手一个，拉着她们慢慢走远，两个小姑娘还不时回过头来看一看我。

望着她们的背影，我又陷入沉思。

有人说，心理咨询是一个阴盛阳衰的领域，至少目前是这种状况。我不想反驳这个说法，因为现状确实如此。举目四望，所有心理活动的参加者大部分都是女性，报考心理咨询师的也是女性占多数。其实造成这种情况的原因很简单，一方面，女性更为关注自己的内心；另一方面，我们的传统文化要求男人强大，不管是身体还是心灵，男人都是坚强的代言人，而且，似乎他们很少关注自己的心灵领域。

可是，这恰恰是一个天大的误会。从生理的角度来说，男人确实是更强大，然而这不过是选择性进化的结果。女人因为要承担生育职能，她们在孕期、产期，确实不能够从事重体力活，这样一来，女人渐渐受到越来越多的保护，她们身体的力量慢慢就退化了，与此同时，因为她们生活范围狭窄，她们对感情的需求、心灵的关注，却变得更多，成了弱者的代名词。

事实上，女人的弱小，只是某些特定时期的弱小，然而整个人类集体无意识地选择让女人变得越来越弱。事实上，女人的进化比男人更为先进，男人的寿命也比女人更短。现在，一些有识之士已经发出了"男人也很脆弱"的呼吁。

事实上，从自杀率这个角度来说，男人高于女人。确实，有时候，男人更脆弱。这些理念现在越来越被广为传播。也就是说，在不久的将来，会有越来越多的男人关注自己的内心。

能够先许多男人一步，用自己所学的心理学知识完善自己、帮助别人，我喜欢命运带给我的心理咨询师这个社会角色。

我常常把一些事情的发生归因于命运——命运，那强大的、暴虐的、不可预知的命运。

一片树叶擦过我的头发，落在椅子上，我拿起那片叶子细细看起来。那是一片柿子树叶，长圆形，主体是暗红色，上面还有一小片一小片斑驳的绿。就在这一刻，章雨菡楚楚可怜的面容浮现在我的脑海里。

其实找我咨询的人很多，为什么这个时候我单单想起她？仅仅因为她是我接待的第一例代人怀孕的案例？还是因为她表现得太无助了？或者，是因为她明天要找我做咨询，而我此时想起她不过是要让自己有个心理准备？

Four

手机突然响了，是袁思静的号码。如果没事，她很少联系我。

"郭老师，快来救我！"袁思静的声音有些紧张。

"发生什么事情了？"我镇定地问。

她的声音给我传达出来的信息是，她遇到了麻烦，但并没有到特别紧迫的程度。

"唉，怎么说呢？我和我的一个女朋友逛街，从一个小贩手里买玉手镯，结果，被几个人缠住了！我都已经买了六个玉手镯，肯定都是假货，而且，我们还是脱不了身！现在我们躲在一个店里，他们还在外面守着，我们不敢出去！"她的声音变得有些沮丧。

买了六个假手镯还脱不了身！这两个小姑娘，招惹上什么人了？

我给家里又打了个电话，简要说了下情况，之后就匆忙打车赶到袁思静所说的地方，那里是有名的玉石一条街。

果然，我看到有三个年轻的男人守在一个店面附近。

我一进店，袁思静马上跳起来拉住了我的手，如同见到救星，她的女伴也松了口气。

"到底是怎么回事？"我看着袁思静手里一大串玉手镯发问。

"我都不知道该怎么说。是这样的，一个人问我朋友要不要买玉手镯，我朋友觉得这手镯看起来挺漂亮的，就问多少钱，那个人说要五千，我朋友说一千她就买。"

"其实我还没想好到底买不买，只是想先还个价试一试。我觉得他开价那么高，我还得那么低，应该是不能成交的。"袁思静的女伴插嘴道。

袁思静继续说："他开始说三千，后来说两千，最后同意一千就卖。我也觉得这个手镯好看，就也买了一个，结果，马上来了好几个人围着我们，直接把玉手镯往我们手里塞，说便宜卖，我们就乱还价，其实是希望他们不卖了，希望他们赶紧走开。"

袁思静叹了口气，快要说不下去时，她的女伴接口说："结果，还到八百卖给我们一个，还到五百卖给我们两个，还到一百还卖。我们还了价，就不好意思不买，就这样，一下子买了六个，但他们还是围着我们不走，拼命要我们买。我们都快疯了，就躲进这家店里，他们就一直守在外面不走。"

袁思静说："我们好害怕的，不敢出门，所以就给你打了电话。"

我看看袁思静手里的镯子，两个碧绿的，四个白色的；她的女伴手里只有一个白色的。这些东西看上去确实像玉，非常漂亮。

店老板说："这都是些假货，玻璃料的，或者是大理石的。要真是玉的，你们就发财了，每个都值几万甚至几十万。"

两个女孩儿一脸沮丧，面面相觑。

我问："你们花了多少钱？"

袁思静说："我花了三千，我的朋友花了一千。"

店老板说："这个就值十块钱。"他拿出自己店里的玉手镯说，"你们看，这才是真正的玉。玉是有结构的，你们刚才买的这种，根本就没有结构，最多是合成的假玉。"

我摇摇头说："袁思静你有眼光啊，有钱就是好啊！"

袁思静撇撇嘴："谁知道这世界上有这样的人啊！拿着假货骗人，还缠着人家不放。我刚才拼命说我没钱了，他们还是不走，我真怕他们抢走我的钱包。"

我看看店门口，那几个人已经不见了。如果他们还在，我就准备报警。

事实上，对于这件事，我处理得比较温和。如果强硬一些，可能一开始我就报警，和警察一起过来，而且要那几个人把钱退还给她们。但这样把事做绝，不是我的风格。我觉得让袁思静吃一堑长一智也好。

看看两个垂头丧气的女孩儿，我决定请她们吃晚饭，聊表安慰。

吃饭的时候，袁思静不时偷眼看看我，当我转头准备跟她的眼神对接，那目光又像受惊的小鸟般飞走了。

我充满困惑，这个小姑娘，为什么要躲避我的目光？她以前在我面前表现得是很大方的。

也许是我自己的感觉出错了？我不自觉地摇摇头。

Chapter 4

她为什么要代孕？

是什么样的动力和困境，使得一个容貌姣好的女大学生决定为人代孕？她的内心有着怎样的伤痛和秘密？

兄妹之间如此深厚的感情令人动容。

但，不是没有疑点。

One

章雨菡怀孕已有四个多月，腹部已明显隆起，一眼就能看出她是个孕妇。

上次做咨询的时候，刚开始她一直在抱怨自己的妊娠反应，像吃什么吐什么、如何心烦意乱、如何容易掉眼泪……直到咨询快要结束了，她才突然告诉我，她是代人受孕，代一个比较富裕的家庭受孕。

就这样，为什么要代人受孕，她为之受孕的那对夫妇是什么情况，她都没来得及说清楚。

"我，我不是肚子里这个孩子的妈妈。"当时她是这样说的。

这句话让我愣了半天，我真的是过了好一阵子都没明白这句话的意思，所以我对这样一句话印象极其深刻。

可以这么说，她其实是有意要造成这样的局面的。我能感觉得到，起初，她对我没有足够的信任，不想涉及真正的主题。直到后来，她才接受我，觉得愿意跟我说出真相，但是，时间已经来不及了，因此，她最后只抛出一个大概轮廓，就匆匆收尾。

就这样，她既有所宣泄，又没有完全暴露自己的秘密。

一个有心计的年轻女孩儿。

现在，她走进来，和上次一样，脸上一点笑容都没有。

我端详着眼前这张年轻姣好的面孔，二十二岁的女孩儿，有着弯弯的眉毛、黑漆漆的眼睛、满月一般的脸，我忍不住想象她笑起来会是什么样子。

"看起来你的情绪比较稳定。"我微笑着对她说。

她只是淡淡看我一眼，脸上完全没有表情。其实没有表情对她来说已经是一种努力，我感觉得到，她是好不容易才掩饰住自己悲苦的样子。

过了一阵，我决定主导这场谈话："我想知道，是谁让你来做心理咨询的呢？"

她迟疑了一下才回答："是他们夫妇叫我来的，丈夫姓方，我平常叫他们方哥、方嫂。"

"你本人不太愿意来吗？"

"我，可能觉得无所谓吧。"我觉得她说这句话似乎是为了安慰我，因为她脸上的表情完全可以解读为：我才不想来呢。

"嗯。那你知不知道，方先生、方太太为什么要让你来咨询？"

章雨菡长长地叹息："可能是他们觉得我太不开心了，会影响肚子里的孩子。"

我点点头："我觉得你的判断非常明智。雨菡，我想知道，你平常也是这个样子的吗？以前是不是也不喜欢笑？"

章雨菡呆了一呆，然后猛地摇头，她突然落下泪来，哽咽着说："我以前是非常开朗的，动不动就哈哈大笑。"

我不紧不慢地追问："那么，你能不能告诉我，假如现在许多事情都可以改变，怎么样你才可以变得像从前那么开心呢？"

她索性放声大哭着说："我永远不可能再像从前那么开心了！"

我叹口气，轻轻拍她的背，同时递面巾纸给她。

她伏在桌上痛哭起来。虽说是痛哭，但毕竟有身孕，还是有所节制。她哭了好一阵子，好不容易才止住了哭泣。

看来她的心里郁积了太多的悲伤，我并不是有意让她这么痛哭，只是想把她的情绪疏导一下。毕竟，有孕在身，情绪还是平和、愉快一点儿比较好。

我问："究竟是什么事使得你这么伤心？就是因为代别人怀孕这件事吗？"

她摇头说："是，但不完全是。"

我不再问，静静等待她自己开口说出来。她接连叹息了好几声，然后用手指绞了绞头发，终于下定决心说："既然我来了，还是都告诉你吧！"

Two

"郭老师，你也很清楚，正常情况下，是没有谁会去替别人怀孕的。如果不是我哥哥得了重病要花钱治疗，我爸爸妈妈在乡下又没什么积蓄，我根本不可能走上这条路。我哥哥，我哥哥说不定会死的。"

她话音没落又哭了起来，但很快又止住了。

"你是说你哥哥得了重病？"

"是的。一种肾病，我都说不清楚那种病的名字，反正很严重，急需三十万块钱，也许要换肾。那时候我爸爸妈妈走投无路，刚好我给方嫂的一个侄女——小女孩儿还在读初中，在补习功课，方嫂认识我，知道我哥哥的情况之后，她就问我愿不愿意代替她怀孕生孩子，她说是用做试管婴儿的方式受孕。我考虑了几天，就答应她了。因为那个时候我正好要毕业了，也还没找到工作，恐怕帮方嫂怀孕是我所能找到的最快的解决问题的方法。我们谈好了条件，方嫂先付十万给我，帮我哥哥治病，然后，孩子生下来，顺利满月之后，再给我二十万。万一孩子没满月就有什么闪失，那就除了十万不会再给我任何补偿，我也不用再退还那十万块钱。"

"这一切，都是为了你哥哥。"

"对，就是为了哥哥。"

"那你哥哥现在情况怎么样？"

看着章雨菡那么伤心，我猜想是不是她哥哥发生了什么意外，病情加重了。

"我哥哥已经出院了，但是医生说他只是暂时痊愈，平常必须要特别留心，否则那种病随时容易复发。我哥哥，他好可怜的。"章雨菡捂着脸又哭了起来。

"你哥哥知道你在帮别人做这件事情吗？"

"他可能知道，也可能不知道，我让我爸爸妈妈不要告诉他。但是，很可能他们还是会告诉他的。这一年我不愿意见我哥哥，也不愿意见任何熟人，连电话都不想接。"

"我能判断你跟你哥哥的感情很好。"

"那当然。哥哥和妹妹，哪有感情不好的？"

我笑一笑，哥哥和妹妹感情不好的多得是，但这个话我没说出口。

"我哥哥以前经常陪我打羽毛球。"章雨菡似乎想起什么事来，梦呓般地说。

"哦，你哥哥经常陪你打羽毛球？你很喜欢打羽毛球？"

"是的。我们每次都嘻嘻哈哈，高兴得不得了。"

"打羽毛球的时候是不是你最开心的时候呢？"

"是的。"

"哦，你愿意回顾一下打羽毛球的情况吗？"

"嗯，怎么回顾呢？"

"这样，小章，你画一幅画，就画你哥哥和你一起打羽毛球。"

"可是，我怕我画得不好。"

"哦，你只需要按照自己的感觉画，画成什么样子都没有关系。"

章雨菡不作声，算是默许。我让袁思静送来纸和水彩笔。

对不同的人来说，绘画和书写，都是相当不错的治疗。

章雨菡迟疑了一下，拿起笔画起来。

我说："慢慢地、用心地画。你和哥哥边打羽毛球，边说说笑笑，非常开心。"

她果然很用心，画的时候，不自觉地抿着嘴。画着画着，章雨菡脸上的肌肉放松起来。

我在一边安静地慢慢走动，偶尔停下来看着她画。我必须表现得既关心她，又不能过分关注她——不然，她会有顾虑，画画的时候就不能放松。

绿茵茵的草地，一轮红红的太阳，一男一女两个人打羽毛球。女孩儿笑得嘴巴张得大大的。

二十分钟后，章雨菡画完了。她自己盯着画看了好一阵子，才递给我。

Three

我边看她的画，边问："你现在感觉怎么样？"

她叹息一声，看着自己的画说："感觉好多了。"

"你自己喜欢这张画吗？"

"喜欢，非常喜欢。"

"能解释一下这张画上的具体情景吗？"

"这是有一次，我刚考完试，考得不是太好，我哥哥就说陪我去打球。我们就找了片草地，在草地上打。打着打着，哥哥还摔了一跤，他好滑稽地对着我做怪样子，我哈哈大笑，他爬起来，我们继续打。然后，我就把考试没考好的烦恼都忘了。那天，一回到家，我就开始看书，从此以后，我考试很少考得不好；即使偶尔考不好，哥哥也会陪我打羽毛球，那样就能忘掉所有的烦恼。"章雨菡盯着画上的哥哥，眼睛一眨也不眨。我非常奇怪地发现，她眼里竟然流露出一丝羞色。

这种表情不能不让我生疑。

害羞之色，通常是女孩儿在自己心仪的恋人面前才会有的。如果他们之间只是普通的兄妹之情，章雨菡不应该流露出这种神色。

我望着她，淡淡地、若有所思地说："你看，你们兄妹的感情，是真的非常好。"

"是的。我这次，完全是为了帮哥哥治病，才做出这样的决定。"说完这话，她又想哭。

"我非常理解你的决定，可能当时你没有更有效的办法。不过，既然是为了帮助哥哥，既然这是你自己的决定，就应该尽可能让自己心情好一些，对不对？何况，如果你每天不高兴，不仅方先生、方太太会很担心，你自己的身体和肚子里的孩子也会受影响。已经到了这个地步，你不高兴，对事情会有帮助吗？"

章雨菡不作声，但她脸上的表情柔和了许多。

我把那张画递给她，说："这张画，你可以拿回去，贴在你很容易就看到的地方。多想一些让自己开心的事情。请记住，这是你自己做的决定，你必须对自己的决定负责。"

她郑重地点头，眼睛紧紧盯着画上的哥哥。

望着章雨菡那张因为谈起哥哥而发光的脸，我抛不开这样的念头：她和哥哥之间，是否有什么不为人知的秘密？

但我只能在心里想一想，什么也不能问。

事实上，一个心理咨询师，最好别去揣测来访者还没有说出口的故事，不要去探索他们自己没有暴露的隐私。

我只能陪着她慢慢走。

送走章雨菡，已是下午四点多钟，我决定利用下班前的一个多小时认真写一写龙思远的咨询手记。下次他来咨询，我还要先把手记给他过目，让他签字。

这个人，如果他真的自杀，那实在不会是一件小事！

我必须严阵以待。

袁思静背着手走进来，她诡秘地笑着说："郭老师，我有一个请求，你敢不敢答应？"

我疑窦顿生，这个小姑娘以前从来没有用这种表情对我说过话，别是有什么鲜花陷阱吧？

我含笑看着她，不动声色地说："那我先要看看你的请求是什么，你知道郭老师胆子好小的，轻易不敢随便答应美女的要求。"

"真是不爽快，伟大的郭老师，难道你怕我会吃了你？"袁思静噘起了嘴。

不行，看来如果再不爽快一点儿，小姑娘要生气了。以我对她的了解，她应该不会提出什么太过分的要求。

我调侃道："好吧，美女，我答应你。说吧，要我上什么样的刀山？"

Chapter 5

开遍玫瑰的刀山

诱惑。

年轻美丽的女助手主动靠近，还在深夜发来无解的短信。

是男人，是个不错的男人，都经历过美好异性的诱惑。

而这诱惑，很多时候是我们的人生功课。

One

袁思静哈哈笑着把手放到前面来，挥舞着两张票说："陪我去看电影吧！晚上七点十分，《白蛇传说》。"

我饶有兴致地望着她，微笑着说："再给我十几分钟，我要把这篇咨询手记写完，然后请你吃饭，再一起去看电影。"

她对我抛来一个非常可爱的媚眼，转身出去了。

真是太巧了，我最近刚刚想着要多了解袁思静一点，她居然恰好就在向我靠近。只是，我要警惕。

袁思静近来好像开始花心思琢磨我，她常常看似不经意地问我喜欢吃什么啦、业余时间怎么过啦等。

这可是一个相当复杂的信号。

她为什么会突然对我产生兴趣？仅仅是因为她和女友在小贩手里买假镯子无法脱身，而我及时去把她们带了出来？还是她其实早就对我有兴趣，只不过，她没怎么表达，而我也没有发现？我觉得这是一笔糊涂账。

每个人都有自己的人生观。我知道不少男人——包括有家有室的男人，会非常渴望"艳遇"、"一夜情"，会喜欢左拥右抱；而且相当一部分人把跟美女上床看作幸运的事，以此为"桃花运"——我确实不知道他们是怎么想的。

最近看到媒体公布一项新的研究成果，据说男人是否花心，和他睾丸的大小成正比，我哑然失笑。你不能说这样的研究成果是错误的，人家有一组数据在后面做支持。我同意人的本性是高级动物这样一种说法，可是，我们这类高级动物除了有性器官，还长着脑子吧？我们的脑子比动物多装了许多符号吧？

说实话，我也欣赏美女，但大多数时候，只是远远观望一下，不过是镜中望月、雾里看花。如果哪位美女真想靠近我，我会相当警惕。

想想跟一个女人走得太近的风险吧：她可能会出于某种目的，传播你和她之间的风流韵事，导致你形象受损；她可能是觊觎你的资产或者声望；她身上可能有某种传染病；她可能某一天会觉得你对她不够好，从而因爱生恨产生报复心理；她可能会怀孕；她可能不择手段想要成为你的合法妻子……危险的因素实在太多了。如此巨大的风险，哪里还有多少幸运的成分呢？

不过，假如能够遇到这样一位女性，你们在一起，彼此不仅仅是有性的吸引，你们的心灵满是喜悦，对生命不断有更为深刻的领悟，甚至，没有她，你就会觉得生命是欠缺的，那就是另外一回事了，这和浅薄的艳遇之类的完全不能画等号。因为这样的人、这样的情怀，是可遇不可求的。

总之，我对和异性产生亲密关系的态度是：保持足够警惕，不要轻易开始；如果开始了，就不要轻易结束。

当然，也没必要风声鹤唳。和美女助手一起吃吃饭、看看电影，倒也不值得大惊小怪。

请袁思静去工作室旁新开张的一家海鲜酒楼吃完饭，我上了她的红色甲壳虫，坐在副驾驶座上。小姑娘车技相当好。

我至今没学会开车。两三年前尝试过学习驾驶，报了名，通过了理论考试，可是，一上车，对着方向盘、离合器、油门，我脑袋立刻发晕，心里高度紧张，完全没感觉——还把车撞到栏杆上去了，受了一场不小的惊吓。于是，去驾校两次后便一直拖着，再也不想去了。后来期限快到了，只好退学了事。这是我迄今为止唯一半途而废的一件事。

像我这种手脚比较笨又容易走神的人，恐怕有自知之明一些、离方向盘远一点比较好，不然容易祸国殃民、害人害己。我相信技术是在飞快发展的，就像傻瓜相机的诞生一样，等将来有傻瓜汽车问世的时候，我再考虑亲自驾驶也不迟吧！

袁思静本来一直专心开车，此时突然说话："郭老师，有件事，我一直想问你，相当好奇，又不敢轻易问。"

"什么事？"

"一个月以前，你说出去一趟，离开了两三天，是去了哪里？"

我的心马上一沉。其他什么事，我都可以说，只有这一件事不能提，我也不想告诉她我去了哪里。这件事，我连对舒馨都从来没有提起过。舒馨也曾旁敲侧击过，但我一直守口如瓶。

袁思静见我没作声，继续说："我当你的助手已经有一年多了，有那么四五次,你都只是告诉我你要去外地,但总不说清楚是去哪里。平常你出差,你一般都会跟我交代清楚的。所以,我严重好奇。"

我叹口气说:"看来你这个心理咨询师不够合格,我们的保密原则是,不该问的不问,不该听的不听,不该说的不说。"

她嘟嘟嘴道:"你实在不愿说就算了,我只是随口问问。唉,我会被自己这种好奇心折磨死的。"

我说:"想要成为一名优秀的心理咨询师,必须学会控制自己的好奇心。"

是的,那件事,涉及我内心最深的秘密。我不会说,我也不打算对任何人说。至少目前为止我是这样想的:决不让任何人知道。

在我的脑海里,立刻出现这样一组镜头:一个白发苍苍的老妇对我说:"我想要你给我的老二写封信,要他快点回来。"

Two

我叹口气,甩开脑海里的幻想,转头看着袁思静,设法转开话题,故意逗她:"美女,是不是本来约了男朋友看电影,结果男朋友临时有事,就抓我来替补啊?"

"什么呀,我哪来什么男朋友?拜托郭老师别把人家的好心当驴肝肺,我是特意请你看电影呢!你昨天英雄救美,救了我和我的朋友,今天这不是特意答谢你吗?"她的小脸涨得通红。

"我不懂什么叫特意哈,没跟我预约,怎么能叫特意?"看着她着急,我觉得很有趣。

她嘟着嘴说:"我这不是怕你不给面子吗?千方百计设了个圈套让你往里钻呢。"

哈，还千方百计，我继续逗她："要是我今晚有别的事没答应你呢？"

"那就只能怪我运气不好或者魅力不足啦！"

"好厉害的小丫头！有一个这么机灵的美女助理，是郭嘉懿的福气，哈哈……"我故意强调她是我的助理，其实她可以和她的女伴一起请我看电影，这样比较合情理一些，但我不知道这个小妮子为什么要单独请我。有的事，不要去问比较好。

袁思静不作声，假装专心开车，我也不再拿话急她。

把话说得太过，那就是我自作多情了。毕竟，她的言行并没有超出普通朋友的范围，至少目前没有。

虽然现在不少人重燃返回影院的热情，然而，看电影却成了一件比较奢侈的事。光票价就是百元左右一张，如果还算上打车、买水、买零食，两个人看场电影就要两百块左右，还不算吃饭的费用，说实话，能够经常到影院来看电影的人至少也得是中产阶层。

由于这部片子已上映两天，所以可以容纳六七十人的小型放映厅只有稀稀拉拉的十几个人。

黄圣依扮演的白蛇出场的时候，我突然发现，袁思静长得跟黄圣依极像，让我忍不住看看白蛇，再看看她。她自己可能早已知道这一点，此刻她眼睛盯着屏幕，没注意我或者假装不注意我。

应该说这部国产片倒还不是让人太失望，在传说的基础上，加进了时尚的、搞笑的、好莱坞式的元素，而且度把握得比较好，并不令人反感。说实话，有的地方确实让人挺感动，有的问题提得也确实值得人们思考，比如："爱情，真的有那么重要吗？""我们之间的爱情就不是爱情吗？"

就我个人感觉，这部影片展现出来的人妖之恋，多多少少影射了目前现实生活中的婚外情甚至包括同性恋。我觉得它想问的是：那些两情相悦、真心相爱的可能不符合主流和常规的情感，真的那么不被伦理所容吗？

这样的片子，对我来说，看看也就行了。可袁思静的表现简直让我大跌眼镜，她居然无数次落泪；光落泪也就算了，在一些比较感人的地方，比如白蛇被法海抓走，许仙不顾一切去救她，袁思静居然低低地哭泣起来。

唉，小女孩儿，心中哪来那么多爱情的能量？作为未来的心理咨询师，她对自己难道没有觉察？

我本来想假装没注意她的表现，可心肠硬不起来，于是只好递给她一张面巾纸——心理咨询师的必备武器——她却趁势抓住我的手，再也不肯放开。

散场起身往外走的时候，袁思静仍然抓着我的手不放。我猛然发现一个熟人，让我郁闷不已的是，她居然是舒馨的女朋友，而且，她几乎也在同时看见了我。

太离谱了！这间放映厅里，总共才十来个人，居然就碰上一个熟人，这世界怎么小得这么不像话！

我愣了一下，马上把手从袁思静的手里挣脱出来，神情间有并不明显的尴尬，毕竟我觉得自己问心无愧，而且最后，我还笑着跟舒馨的女朋友点了点头。她没来得及有所反应——也许想刻意假装没看见我，逃也似的就出去了。袁思静则仍然沉浸在剧情里，她可能以为我把手抽出来是因为灯亮了，怕被人看见，她完全没有注意到我已经被熟人看见这一幕小小的插曲。

我颓然叹口气，怎么办？回去要不要跟舒馨坦白交代？下班之后跟舒馨打电话请假的时候，我是说晚上有同学聚会，这下子怎么解释？

算了，只能有必要的时候再说，但愿那个女人并不是一个饶舌的人。若舒馨实在是问起来，我就如实坦白，不过是和自己的助手看场电影，我不信天还能因此塌下来。

走出电影院，快九点了，袁思静看着我，眼里充满期盼地说："时间还早，郭老师，您陪我去酒吧好不好？我在酒吧一条街发现了一个新开的小酒吧，名叫驿域，听起来像抑郁，很有意思，是一栋旧的小楼房改造的，一共四层，四楼相当有特色。"

她说得又快又急，显然非常希望我去。

我心不在焉地说："改天吧！这段时间有些累，今天想早点回去休息。"

她不满地叹了口气。

袁思静不让我坐出租，坚持要开车送我回去。

可能因为看了电影有些伤感，她一直不作声，只顾开车，这小小空间里的沉默让我微微有些不安。

我对自己的不安觉得有些奇怪，平常和来访者在一起，对于无论多长时间的沉默，我都有非常好的耐受力。然而，袁思静并非我的来访者，她是个心里有些小九九的美女。

此刻为了打破这沉默，我开玩笑说："小袁，难道像你这个年龄段的女孩子，都那么重视爱情吗？"

她叹口气回答说："不重视爱情，那重视什么？"

我无言以对。其实可以重视的事情太多了，像事业、亲情、个人的兴趣爱好等，但我没兴致说出来。

她接着说："不过，女主角素素真是没眼光，怎么偏偏就爱上许仙呢？那许仙傻乎乎的，什么也不懂。老版本里面的白娘子爱许仙也就算了，因为那里面的法海很可恶，让人恨；但是在这个新版本里面，法海不但法力强大，而且既讲原则，也讲感情，要我是素素，我肯定会爱上法海，才不会爱许仙。"

白蛇爱上法海？这也想得太离谱了吧？我有些张口结舌。只能说，这个想法是一种投射，可能袁思静爱的是像法海这样的人。当然，新版里的法海，是李连杰演的，形象讨喜，而且他既讲法，也还算有情，是够讨女孩子们喜欢的。但此时已到我家门口，来不及再说什么，于是只好不再继续这个话题。

我说："谢谢相送，晚安。"

袁思静直视前方，不看我，扔下一句话："你，郭嘉懿，就是新版本里面的法海。"然后，她发动了汽车。

我目瞪口呆，怎么可能？我变成了法海？李连杰演的新版法海？是说我长得像，还是气质像，还是什么地方像？

我半天回不过神儿来。

Three

打开家门，舒馨迎上来接过我的外套的时候，我心里微微有些愧疚。

愧疚！真奇怪，我有什么好愧疚的？不过是跟女助手吃吃饭、看看电影、拖拖手——而且是被动地拖手，这就值得愧疚吗？

我亲热地抱了抱舒馨，嘴里赞道："好老婆！真贴心！"

然而我心里想的却是袁思静，我不知道这次袁思静请我看电影，是她某个新的规划当中的一个序幕，还是她只不过是一时兴起，偶尔请我看场电影。是后者也就罢了，没什么关系；如果是前者，我还得备足精神，时刻准备披挂上阵，随时和这小丫头斗智斗勇斗感情——

但愿不要太辛苦，总之我不想陷入她的情网，我没打算陷入任何人的情网，因为感情是一件非常累人的事。

既要跟袁思静友好相处，又不能擦出感情的火花，这其中的分寸非常难以把握。因为稍微不慎，两个人的关系处理不好，她可能就会离开，连我的助手都做不成了。三五年内，我不想再辛辛苦苦地重新培训助手，最好是让她成熟了，留在工作室，帮我培训，这也是我的私心。

不管怎么说，我觉得自己目前的表现应该是问心无愧的。可是，既然如此理直气壮地给自己贴了"问心无愧"的标签，究竟又是什么让我心底觉得愧疚呢？

我要找时间分析心里这份愧疚感。

著名心理学家李子勋说："一个心理咨询师永远都不可能把自己分析够，永远！"

凌晨两点，我被手机短信音惊醒。

通常我会关机睡觉，但偶尔，也会让手机开着。因为我的来访者当中，少数人会半夜出现异常的精神状况，表现得极为抑郁，甚至崩溃，会特别需要我。当我状态够好的时候，我会特意不关机，好给他们一些力所能及的安慰。

而这居然是一条空白短信，是由袁思静发来的。

什么意思？她在玩手机时不小心发到我手机上了？她故意要发这样一条短信，告诉我她想起了我？她想联系我又不知道说什么，所以干脆不说？

可能性比较多，恐怕我回应的最好方式是：不予回应。

说实话，对于袁思静的主动示好，我完全心如止水是不可能的。这样一个要什么有什么的女孩儿，谁会不喜欢呢？可我是个相当理性的人，而且，我对她还没有到动心的程度，至少目前还没有。

Chapter 6

龙思远：我梦见有人追杀我

不要忽略那些有着强烈感情色彩的梦。

被人追杀意味着什么？

有人说，现阶段，只有神经症才能保护我们的领导干部。

One

龙思远再一次坐在我面前的时候，他的目光已经不像第一次那样锋利——像要把我射穿，但是他的眼神里却充满了不加掩饰的困惑，甚至是绝望。

跟上次不一样的是，他的头发有些花白；我清楚地记得，第一次见到他时，他的头发是乌黑的。我猜想，可能他第一次来做咨询时刚刚染过发。

他坐在椅子上，长长地叹息一声，整个人显得憔悴不堪。

我适时说："龙先生，看来你的睡眠有些成问题，我发现你的黑眼圈很严重。"

他摇头说："我根本睡不好觉，有时候用用呼吸机，效果会好一点，但是好不容易睡着，又会不停地做噩梦。"

"都做些什么样的噩梦？"

"比如说昨天晚上，我梦见有人追杀我。我不知道追杀我的究竟是什么人，就感觉老有人拿着武器在追我，而且是男人，他老在我背后，我一下子觉得他的武器是长刀，一下子又觉得他拿的是枪。我的背脊总是发冷，担心他一刀或者一枪下来，我的背脊会裂开，流很多血。而且我还想象自己看到了这种流血情景，很可怕。我于是四处逃窜，拼了命地跑，在一栋栋房子之间绕来绕去，后来看到一个很陡的坡，就往上一跳。然后，追杀我的人不知道怎么越变越小，最后变成一只小飞蛾，被我用一个什么东西，好像是苍蝇拍，一下子就拍死了。"

被人追杀、刀、枪，小飞蛾、被拍死——他的整个梦境充满了恐惧、血腥、暴力，以及反暴力。

"龙先生觉得这个梦是什么意思？它要告诉你什么？"

"我觉得这个梦的意思好像是说，目前我的处境非常危险，但是，最后，我把对方打败了。还有，那只小飞蛾，表示我蔑视那股想要谋害我的力量。"

我点点头，开始沉思。这次点头，只表示我听清楚了他说的话，并不表示我同意他所表达出来的意思。

我深呼吸了一下，慢悠悠地说："在梦里把对方打败，有两种解释，一种意思是你的潜意识相信你有能力把对方打败；一种意思是你的潜意识在安慰你，帮助你在梦里放松，让你在梦里因为打败了对方而放松。也就是说，你的潜意识告诉你，你可能有能力把你的对手打败；也可能你无能为力，只是在希望把对手打败。"

他盯着我，眼神复杂，沉默不语。

过了好一阵，他叹息着说："我从来不觉得自己是个品德败坏的人，做人也不算失败，应该说一直以来我都受到很多人的尊敬，不至于到梦里那种让人四处追杀的分上。从参加工作开始，我从来都对自己要求很严格。这几年，直到一个多月以前，我面对的情境是：同事尊敬我，领导欣赏我，群众拥戴我，至少在我自己感觉上是这样。不，不只是自己感觉，我得到过多次表彰，记过功。事实上，中国的公务员队伍，我承认肯定是有一小部分败类的，但，我可以负责任地说，我们国家的许多精英人物在这个群体当中。治理一个国家，管理一个部门，绝对是需要大智慧的。人品优秀是一回事，但制度不完善、人性面临考验是另外一回事。我上次跟你说的那件事，那一百五十万横财，仅仅是两个电话，就能拿到，而且，没有任何把柄或者说实质性的证据会落到什么人手里，这样的事情对我来说至少是种很大的诱惑。但可以这么说，如果不是为了让芸芸去留学，我也许根本不会这样做。有时，面对诱惑，一个人仅靠自我约束、道德力量去克制，是不够的，还需要社会制度的影响和支持。"

龙思远这番话让我想起一桩往事。

曾经某位局长来找我咨询。他说，只要他收了红包，无论大小，就会睡不着觉，他很想知道这是什么缘故。从心理学的角度来说，这当然是一种强迫症状。

那位局长来过一次，就再也没有露面。

从社会公众的角度来说，领导收了红包就睡不着觉，当然是好事。我的一位同行曾经开玩笑说："只有神经症，才能保护我们的干部。"

其实惩治贪污腐败是个系统工程，除了法制，还要经济、道德和文化共同起作用。如果大家都不差钱，谁愿意去贪污？如果整个社会以贪污和过于富裕为耻辱，比如瑞典等发达国家，又有谁愿意去贪污？

Two

我收回思绪，慢慢说："关于制度，我知道一个故事，不知道龙先生愿不愿意听？"

他凝视着我："你说。"

"就是和尚分粥的故事，可能我记得不够完整，也许龙先生已经听过了。"

我有意顿了一顿，见他依然凝神静听，才又说下去："说的是几个和尚喝粥，僧多粥少。他们起初采用的办法是大家轮流分，可是每次都是那个分粥的人能吃饱，其余的都挨饿，也就是说，他们都要过好几天才有机会饱饱地吃一回；后来采用的办法是，他们选举一个德高望重的人来分粥，可是时间一长，腐败就产生了，那个人每次都给自己多分，而且还给那些私下里对他好的人多分，这个办法很快又被否定了；最后，他们又想了一个办法，还是轮流分粥，但是每次都是那个分粥的人自己最后拿，于是，在这种情况下，几乎每个人都会尽可能做到公平，因为如果他不公平地分配，最后吃亏的是他自己。"

龙思远认真听完，若有所思地点点头。

"郭老师，我想请你帮我分析一个问题，为什么在我们身边，甚至包括我自己，人的贪欲会那么严重呢？我们中国有句老话：'广厦千间，夜眠七尺；家财万贯，日食三餐'，人的物质需求其实非常有限，人们却想要那么多，这是为什么？"

这个问题的答案对我来说是现成的，因为我刚刚参与了一个心理研究项目，是对近些年被曝光的经济犯罪案件进行心理学意义上的一个调查和研究。

我胸有成竹地说："龙先生这个问题提得很有意思。我们心理学界不久前刚好做过一个分析，结论是关于我们整个国家的意识形态的一个调查。其实，如果一个人太贪婪，不管他多么位高权重，不管他多么富可敌国，他首先是一个穷光蛋。"

龙思远困惑地问："为什么这么说？"

我看他一眼，缓缓道来："因为在他的心灵层面，他是一个连最基本的生理需求都没有得到满足的人。目前我们整个社会占主导地位的心态是，物质不满足、精神不安全。为什么会这样呢？因为一个人一生当中的经历，必定会再现他的早年体验，这是生物进化的规律决定的。那个调查发现，生于五十年代的经济犯罪之人，他们的本性大都比较贪婪，因为那个年代生下来的人，经历了饥荒，他们挨过饿，导致他们后来头脑中永远没有饱足的时候，对物质贪得无厌地需索，以此来建立自己的安全感；生于六十年代的经济犯罪之人，他们一般比较胆大，而且喜欢色情、玩弄异性，因为那个年代出生的人，在成长过程中，受到太多管束，在性方面遭遇了太多禁忌；生于七十年代的经济犯罪之人，他们的父辈忙于工作，为生活奔波，他们早年受到的照顾太少，心理上还是不够有安全感，他们会对感情有很多需索，沉迷于爱情和色欲，而且仍然执迷于物质追求，但情况已经有所好转。我们预言，当整个社会进入由九零后这一代人的时候，我们的社会将更加完善，更充满人性温暖和关怀，因为这一代人，他们受到了精心喂养和比较科学的教育，他们的性格是相对完整的，生命历程中遗憾和欠缺相对比较少。当然，这一代到时候也会有这一代的问题，我们说这世界上没有完美的事。"

龙思远眼睛发亮，他说："郭老师，你概括得太对了！我们这个社会就是这个样子的！幸亏，还是能够让人看到希望。跟你这一番谈话太有价值了！"

我笑笑说："这并不是我个人的观点，这是国内一些有名的心理学专家的总体研究成果，我只不过是参与其中的一员。"

龙思远若有所思，我也不打扰他。

他对于贪欲问题如此关注，我不得不猜测，也许那个困扰他、逼得他自杀的问题就和贪欲有关，可能不是他自己贪，而是他的上级贪得无厌，还可能涉及什么违法事件，结果把他卷进去了。也许，他只是一个替罪羊。

想到这里，我自嘲地摇摇头。看来，我是侦探推理小说看得太多了。

"郭老师，我现在吃安眠药睡觉都不怎么管用了，你看我是不是需要加大剂量？"龙思远突然问。

"我不主张加大剂量。如果你晚上实在睡不着，那也不是什么太大的问题，你只要学会尽可能放松自己。放松身体的肌肉，某种程度上，就能减轻焦虑情绪。事实上，睡不着觉的大有人在，睡不好对身体确实有影响，但是对睡不好这件事情产生的焦虑会让负面影响升级。你放松了反倒没关系。世界上有的人几十年没睡过觉，一样没大问题。你白天尽可能到户外空气好的地方做做运动，晚上睡前洗个热水澡，放松就好了。下次我教你一个身体全面放松的办法。"

时间到了，我拿出上次的咨询手记让龙思远过目，并请他签字确认。

咨询手记的前部分概括地记录了他说过的话，后面一小部分我做了总结，并写出自己的想法。

他看得非常认真，而且习惯性地拿出笔来，并突然读出声音来："中国的政府官员是最容易被神化或者被妖魔化的人群，我没有资格对这位自称为龙思远的先生做任何法律、行政法规意义上的评判，既不能假定他是个贪官或者是个违法分子，也不能认为他是个多么正直高尚的勇士，只求真实地记录他的思想、感情和语言，把他还原成一个真实、自然的人。"

他大声说："这一段，写得太好了！郭老师，我敢说，你简直是一个才子。我真希望每天都能见到你，我现在的每一天，都实在是太难熬了，可我还不能告诉你，我究竟为什么会难熬。我简直想骂脏话，这世界上有些人，那些王八蛋，他们就是不让人好好活下去！不让人活得像个人！"

他说完，在他读出声的那一段画上线，然后非常爽快地在咨询手记上签了字。

Chapter 7

松动的堡垒

有人说，只要有婚姻这种制度，就会有婚外情。

当人类文明发展到一定程度，婚姻、情感就将完全成为个人的私事，国家法律不会再加以干预。

现阶段，婚外情等非主流话题一再引人关注，但人们的宽容度却在提高，对此，美女作家和心理咨询师有一致的见解。

One

再一次见到雪晴，仍是眼前一亮。

平心而论，雪晴算不上是标准意义上的美女，何况她已经不算年轻，只是她气质美好、五官端庄、身材苗条，不是那种能够勾魂摄魄，让人看了发呆的美人。然而，你不能说她不美。她的美是由内而外的，怎么形容呢？一看到她的样子，你就知道这是一个内心相当丰富的女人，她的眼神、表情都在告诉你，她的心里有一个极其美妙的世界，使得你不知不觉渴望知道那个独特的世界里到底有些什么。

这一次，她穿着一件黑白条纹的西装外套，一条黑色的紧身裙，既职业化，又显得很时尚，仍然没有化妆。

"郭老师，我想首先跟你分享一件让我又惊喜又略略有点尴尬的事情，就是在两天前发生的。"她看起来精神很愉快。

"好啊，美女作家身上总是有意想不到的事情发生。"

"那天晚上，我和我的一个好朋友，是个年轻的女作家，在一家也还算有档次的酒楼吃饭。因为只有两个人，我们没进包厢，点了比较精致的几个菜：蒜蓉粉丝蒸圆贝、烧鹅、生炒芥兰苗、木瓜炖雪蛤，边吃边聊天，挺开心的，然后，服务员突然送来两份小米辽参，这肯定是个错误，于是我就跟服务员说：'你搞错了，我们没点这个菜。'结果服务员说：'没错，是一位先生送给你们的，而且他已经帮你们把这一桌的单买了。'"

"我让服务员指给我们看是哪位先生，我转头一看，是一个我根本不认识的人，于是我对服务员说：'他肯定认错人了，我不认识他。你去说，他搞错了。'"

"过了一阵，那位先生自己走过来，他开口问：'你是不是女作家雪晴？'我说是，他说，那就没弄错。我请他坐下来，他说他是我的忠实读者，我的书《你内心的小纸人》和《她的王》他都看过，还说，他曾经是一个不把感情当回事的男人，玩世不恭、游戏人生，但是我的书让他开始认真思考自己的行为，他决定要认真对待自己的感情，好好珍惜真心爱他的女人。"

雪晴说到这里，停了下来，而她的神情却仍然停留在回忆里。果然，她接着说："最让我感动的是他最后说的一句话，他说，他能够亲眼看到我，帮我买一次单，觉得是一件非常幸运的事情。当然，面对这样的事，可能不同的作者处理方式不一样，我相信一些有个性的作家可能会执意不接受对方的好意，甚至极端一点的，会认为这是对个人私生活的一种侵犯，但我接受了，而且心怀感激和快乐，觉得自己要写出更好的作品来回报我的读者。"

"这件事确实很有意思。"

"郭老师，你觉得读者欣赏自己喜欢的作家，他们的心理动机是什么呢？"

"这当然因人而异。在我看来，一个好的作家，善于表达，也喜欢表达，能够说出别人想说却无法说出的话，能够在纸上制造一个现实生活中可能不存在却让人心灵满足的美妙世界，可谓满纸烟霞，让人向往，当然会受到读者的尊重和爱戴；还有一部分作家，是因为他们成功成名，他们取得的成就引人惊羡。"

她含笑点点头，沉思起来。她沉思的样子，是真的让人心动，我眼睛眨也不眨地盯着她看。

很明显，她这次来，似乎没带什么目的和任务，不像第一次，她是有备而来的。

我于是主动找个话题问："雪晴，你有没有去看《白蛇传说》这部电影？最近比较火，看的人很多。"

"我看了，这片子有些意思，有很多创新，既搞笑，又催泪。我们对它不能有太多要求，毕竟这只是一道文化快餐。"

我说："我不知道你是不是有同感，不知道为什么，在这部片子里，我觉得其中的人妖之恋是有影射的，影射了当今的婚外情、同性恋等非主流现象。那个妖，代表婚姻家庭的侵略者，小三也好，小四也好，反正她不是合法的妻子；而法海努力维护的伦理道德体系则代表现有的婚姻制度。"

"啊，郭老师，怎么你也会有这种感觉？看来我找到知音了。当时我边看就边想，这不是在说婚外情吗？妖，现在女人们都以自己能当妖精为荣，能当妖精的女人，是有魅力与诱惑力的象征；白蛇最后对着那些代表权威的画像喊：'我们的爱情，就不是爱情吗？'我觉得她说的爱情，其实就是影射现实世界里很常见却并不为伦理道德所接纳的婚外情。"

我忍不住点头笑道："呵，看来真是英雄所见略同。"

她继续说："我的作品里大量描写了婚外情。说实话，对于婚外情，我的感情相当复杂。郭老师您可能知道，我自己也常常接待来访者，给他们做心理咨询。对于有的婚外情，就是那些自己的婚姻非常不幸福或者很残缺，从而在婚外找到精神寄托的人，我是相当理解同情的；不过，对于那种纯粹是游戏感情、玩弄异性，只不过打着婚外情幌子的人，我相当鄙视。当然，具体咨询的时候，作为心理咨询师，我会尽可能用中立的心态对待来访者。但在我自己的心底，对这件事情的态度，还是有所取舍和偏向的。"

"我理解你的意思，也同意你的观点。"

"其实《白蛇传说》这部电影，我觉得它很有现实意义，这说明一些人的伦理观以及婚姻制度这个堡垒，有开始松动或者说适当妥协的信号。毕竟婚姻制度它本来就一直处于变化的状态中，当我们的生存环境改变，生产力有大的发展，婚姻制度也可能会相应改变。也许一夫一妻很快就不再是法定的，而只是一种可以自由选择的形式。"听她说这段话的时候，我觉得雪晴在我的眼里，简直是光芒四射。她是那种会从心底发光的人。

我若有所思，沉默地凝视她。

Two

"郭老师，我有一个想法，我想写一本书，书名叫《我用什么来安慰你》，是一部关于心理咨询方面的小说。不知道为什么，以前一直没起这个念头，可能是因为已经有人写了这类书。但是，后来我想，我写的跟别人写的肯定不一样，所以还是下决心做好这件事。可能到时候有些专业方面的问题，如果我自己拿不准，还会向您请教。"

"雪晴客气了，事实上你非常优秀，我们之间谈不上请教，共同探讨就好。"

她笑一笑，没说什么，但却陷入沉思。

我预感她可能下次不会再来做心理咨询，因为她本来就没什么需要咨询的，也许不过是慕名来会会我。想到这里，一种严重的失落感突然涌上心头，这在别的来访者离开的时候，是完全没有过的。

为什么我会对她的离去恋恋不舍？难道是因为我觉得她是知音？事实上，在精神寄托这一块，我还有所空缺。舒馨是我的妻子，是生活伴侣；袁思静，在我眼里只是个小丫头；其他的人，是我生命中的过客；是的，我找不到一个思想上的朋友，找不到一个可以与之进行深度精神交流的对象。难道说，我的内心已经把雪晴认定为知心朋友？

我突然产生了一个念头，于是脱口而出："雪晴，其实以后我们仍然可以经常联系，以朋友的身份相处，可以约在一起吃饭喝茶，你不用再来我的工作室。因为我们之间，更像朋友，而不是咨询师和来访者之间的关系。你接受我的提议吗？"

她眼睛一亮，说："怎么我们又想到一块儿去了？我正有些发愁如果我结束咨询，以后还找什么借口见你，因为我这个来访者本来就没有太多困惑。不过，说实话，找您做这两次咨询还是很有收获的，尤其是第一次，你让我发现自己的一个重大弱点，那就是我太不注重细节、太不注意观察。我现在写小说已经格外注意细节；而且，日常生活中，我也有意提醒自己要留心观察，现在，我的眼睛简直像摄像机，常常会对许多事情细细探查，这里面有许多乐趣。"

雪晴的手机振动起来，她看了看屏幕，对我说："对不起，这是一个非常重要的电话，是一家杂志社的编辑打来的，我要接听一下。"

我做了个手势："请便。"

她对着手机说："你好！哦，稿子通过了？好的，谢谢你！哈哈，一定会努力写稿，不辜负你的期望。"

她合上手机对我说："一家杂志社请我写关于婚姻爱情的系列文章，我昨天发了一篇样稿给他们，现在通过了。"

我由衷地替她高兴，说："那要恭喜你！下次有时间，我请你喝茶。"

她笑一笑，说："非常荣幸！"

时间过得飞快，等我们再看表的时候，发现我们居然在一起待了两个半钟头。因为今天全天只有一个预约，所以袁思静一直没来催我们。

雪晴执意要交费，我于是坚持只收一个小时的费用，同时我开玩笑说："下次我请你吃饭聊天的时候，你别找我收费就行了。"

望着雪晴袅袅离去的背影，我半天回不过神来。

我对这个找上门来的女性产生了非常微妙的好感。只是，我不可能预料得到，雪晴究竟会在我的生命当中扮演一个什么样的角色。

Chapter 8

孩子意识不到的校园暴力

生命早期最容易埋下心理疾病的阴影。

当活泼可爱的女儿突然变得沉默而心事重重，心理咨询师立刻充满警惕。

不是打骂孩子才叫暴力。

小学阶段校园里的精神暴力，尤其需要引起家长重视，用智慧随时抚慰自己的孩子。

One

"今天请尽早回家照顾可心，我有重要应酬。谢谢老公！"

舒馨发来的短信让我忍不住皱着眉摇摇头，最近她似乎特别忙，有时候晚上十一二点才回来，那时可心都早已经入睡了。这在以前，是极少发生的事情。舒馨以前只是一名普通会计，最近跳槽到一家新公司，当上财务总监，就变得越来越忙了。

前几次收到这样的短信，我一般这样回复："好，放心。"但是今天，我决定不做回复。

舒馨是个聪明人，她应该知道我对她的表现有些不满了。

"郭老师，上次你带我去的那家海鲜酒楼味道真好，我想回请你，一起吃晚饭，好吗？"袁思静在门边伸进来一个脑袋，笑吟吟的。

我苦笑着摇头说："今天不行，太太有应酬，我得回家去照顾孩子。"

"你们家不是请了小保姆吗？"她一闪身进来了，如同密林间的一道阳光，让人眼前一亮——这样的女孩儿，怎么会有心灵黑洞？雪晴啊雪晴，我想你弄错了。

我盯着她，边胡思乱想，边答："小保姆只管做家务，孩子的教育，还是要我们自己操心，改天我请你。"

袁思静长长地叹口气："唉，真没劲！"

我笑笑说："快点找个男朋友来陪你啊！"

她做撒娇卖痴状："人家是想找个男朋友，可老找不到啊，找你当我男朋友，你看行不行啊？"

我开玩笑说："那你穿越吧！穿越到我三十岁以前，你很有希望。"

她撇嘴："我才不要穿越呢！我就喜欢你这个年龄段的成熟男人。"

我哈哈笑着说："成熟意味着很快就要衰老了！"然后我快步走出办公室。

"我跟你预约明天的晚餐啊！"袁思静在我身后叫。

"再说吧！"我并不领情。

等我回到家，英子已经把可心接了回来，正在厨房做饭。

可心一个人坐在阳台上发呆，看起来似乎有些伤心，我很少看到女儿如此。小家伙平常很活跃，也很快乐。除了做作业，就是出去玩，或者看电视、玩电脑游戏，我曾经怀疑她是不是有多动症。

"可心，做完作业了没有？"

可心把头转开，不理我。

"小丫头，你怎么啦？"

还是不作声。

这里面一定有问题。

我走到她面前蹲下来，一只手拉着她的手，另一只手轻轻拍拍她的脸，仔细打量她。小家伙满脸的不高兴，脸颊隐约有泪痕。

"谁得罪我们家的小美女啦？"

"我才不要做小美女！"可心猛地把手从我手里抽了出去，眼泪也马上掉了下来。

究竟怎么回事？

我拿面巾纸给女儿擦干眼泪，再把她抱了起来，坐在她刚刚坐的椅子上。我承认，我已经很久没抱过女儿了。

"乖乖，怎么回事啊？告诉爸爸，爸爸是可心最好最好的朋友啊！"

可心过了半晌才瘪着嘴哭着说："我们新来的谢老师打人，还骂我臭美，他说我是个小臭美。"

什么？打人！骂可心臭美？这么可爱的小女孩儿，怎么会有人忍心骂她、打她？我立刻火冒三丈，简直要跳起来冲到学校去找校长理论——心理咨询师也有短暂的情绪接近失控的时刻——不过，我马上冷静下来。

可心班上老会出现这样那样的问题。曾经有个家长来找我咨询，她家的小男孩儿因为被老师批评，又被撤去班干部职务，突然有一天变得喜欢不停地眨眼睛。那个家长带小孩儿去医院眼科检查了好多次，没发现有什么生理上的问题，后来医生建议她带孩子看心理医生，这才找到我。

我用了各种方式给孩子减压，那小男孩儿不停眨眼的现象总算慢慢好了。

现在，我女儿也成了受害者。

连自己的女儿遭受精神暴力都不能保护她的话，我枉为心理咨询师。

Two

"谢老师是男的还是女的？打你是怎么回事？跟爸爸说清楚一些。"我强行压下心头的怒气，镇定地跟可心沟通。可心一直是十分懂事的孩子，她从来没有受过这样的委屈，我要设法安抚她。

"谢老师是男的。今天上数学课的时候我做错了一道题目，谢老师就打了我一巴掌，说要打掉我的蠢气，还骂我一天到晚只晓得臭美。"可心边说边抽泣。

听了这样的话，我简直是要气坏了。我的女儿一直乖巧可爱，成绩也基本上是全优，偶尔做错一道题目，有什么要紧？那个狗屁老师居然这样对她！这世界上哪有一点错误都不犯的神仙？

我把女儿放下来，怒气冲冲地说要给他们校长打电话。

女儿急忙阻止："爸爸，你不要打电话！"

我惊奇地问："为什么？"

"谢老师说了，谁找家长告状，告一个字，就打十巴掌。"

"你们谢老师经常打人吗？"我简直要怒发冲冠了。

"是的，我们班每个同学都挨过他的打。他还给每个人都取外号，叫我'小臭美'，叫姓朱的同学'猪八戒'，一个同学姓贵，他就叫那个同学'便宜货'，我们都好生气的。"

"怎么以前我从来没听你说过这些事？"

"这个老师是新来的，以前的老师虽然有时候也打人，但是从来没打过我。"

"这个老师打人打得重不重？打哪里？"

"不算太重，打脸，他刚打完的时候好痛，过一会儿就不痛了。"

"你打爸爸一下，用老师打你那么大的力气打爸爸。"

可心一个巴掌打在我脸上，还真有点痛。我知道可心是从不撒谎的。

我说："不行，我非得要找你们校长。"

可心急坏了："不行啊，爸爸，如果谢老师又打我怎么办？"

"可心，你放心，你们校长不认识我，我会想办法让他不知道我究竟是谁。像你们谢老师这样的人，根本不配当老师，我要想办法让你们校长换老师。"

"爸爸！你这样做以后我不告诉你学校里的事了！"可心无助地叫喊，表示抗议。

但我心里已经有了主张，我摸摸她的小脑袋说："放心，宝贝，爸爸不会让你受委屈的，我不会让我的宝贝受到任何伤害。"

再想想，即使我有本事让校长换老师，但最直接的办法还是先改变可心自己的认知。

于是我问："宝贝，既然谢老师这么的可恶，你想不想把他当一个屁一样放掉？"

可心破涕为笑起来："怎么当屁一样放掉？"

"嗯，就是，我们家的可心一直是非常优秀、非常懂事的孩子，虽然老师的做法确实是错误的，但，你可以不受他影响，继续做好自己该做的事情，尽量少犯错，他就没太多机会批评你。这样，你就把他当一个屁一样放掉了。当然，你自己心里知道就行了，表面上，你还是要尊重老师的。这个老师可能真是不太懂事，我相信以后他慢慢会改变的。"

可心开心地从我身上蹦起来，自己做作业去了。

我极少如此刻薄地去评价一个人，然而这位老师如此行事，绝对是有问题的，我必须想办法改变这件事。

走着瞧。

Chapter 9

疑 云

妻子的行踪变得可疑。

作为心理咨询师，郭嘉懿为那么多人解决婚姻情感问题，自己的婚姻却在不知不觉中亮红灯了吗？

One

照顾孩子确实有些累人。

好不容易督促可心做完作业，招呼她洗漱上床，我自己再看看书，等再看时间时，才惊觉已经十二点了，而舒馨还没回来。

我决定要给她打个电话，然而打了两次，她的手机都是无人接听。

电话无人接听可能有三种情况，一种是她所在的环境非常嘈杂，没听见电话；一种是她自己把手机调到了静音；还有一种是故意不接。

究竟是哪种情况？

我突然觉得我和舒馨之间可能出了什么问题。想一想，我们已经有十来天没亲热过了。一方面，是因为我比较忙，似乎没这个需求；另一方面，有时候我偶尔有心情，她却说自己太累。

看来，我们的婚姻亮起红灯了。

我躺在床上，毫无睡意。

我检讨自己，觉得可能是我和舒馨交流得太少了。平常大家都各忙各的，一回到家就围着孩子转，好不容易上了床，已是精疲力竭，说不到两句话就睡了。

当然，作为心理咨询师，我很清楚，还有一个其实非常严重却被我们有意忽略了的问题：我们的性生活质量乏善可陈。

不知道怎么回事，舒馨总是动不动就喊痛，我每次都得小心翼翼，简直毫无快乐可言，和她在一起第一次就是如此。我觉得应该不是我自己的问题，但，我不能完全肯定。事实上，一个女人如果性交的时候觉得痛，既可能是器质性的原因，也就是生理上的，又可能是心理上的。

我曾经让她去医院做个检查，她说她应该没事；让她去找个心理医生咨询一下——心理咨询这个行业是需要回避的，一般要避免给自己太熟悉的人做咨询，所以，不可能让舒馨找我做咨询——她却总是找各种理由推托。

我们之间的性，质量一直不高；但，以前我们感情交流比较多，这个缺陷显得不是那么严重。

不行，今天晚上，我要特意等她回来，好好跟她谈谈。于是我从床上爬起来，坐在客厅的沙发上等她，也不开灯，只顾抽闷烟。

响起钥匙开门声的时候，我看看墙上的荧光挂钟，已经一点了。

我在黑暗里坐着不动。

舒馨进来开了筒灯换鞋，毕竟怕吓到她，我于是轻轻咳嗽了一声。

"嘉懿，你怎么还没睡？"舒馨的声音里有些意外，也有些心虚。

我不作声。

"今天来了一个很重要的香港客户，老板不让走，真是没办法。"
她为自己解释。

唉，一个三十五岁的女人，她也不容易，我决定原谅她，连她为
什么没接电话我都不问了。

我站起来说："舒馨，如果说以前，我们这个家还需要你和我一
起来支撑，现在情况已经改变了。你的工作，做得开心就做下去，如
果不开心，就别做了，我养得起你和可心。"

舒馨走过来，抱住我，没说话。

我温柔地拍拍她的背说："你去洗洗吧，我在床上等着你。"

这已经是非常明显的求欢信号了。

平常舒馨洗澡是很利索的，顶多半个小时就好了。可是这一次，
一个小时过去了，她居然还在卫生间磨磨蹭蹭没过来。

这是怎么回事？我真的不耐烦了。

Two

我突然觉得她是在有意躲着我，这一切都是有预谋的。

先是一点钟才到家，以为我睡了才回；然后，洗澡都一反常态地
洗一个小时，这不是躲着我是做什么？

我的判断应该没错，但她为什么要这样做？

我的心塞满了疑云，一点一点往下沉，我干脆起身，到书房里去
睡。书房里的那张沙发床很舒服，加上我实在是累了，倒下去就睡着了，
连梦都没有一个。

我不是个想不开的人。

但，这件事，我会找时间和舒馨好好交流。

她为什么要这么做？

第二天早晨起来，舒馨正在摆早餐，可心在大口大口吃排骨面——看来她已经把昨天的不快忘得一干二净了。

英子对我说："今天是舒馨姐姐亲自做的早餐。"

我面无表情地看舒馨一眼，她的目光却有些回避。

本来我想对她笑一笑，可我笑不出来。作为心理咨询师，在来访者面前我也许能够掩饰自己的情绪，可是，在本该最亲近的人面前，我不想掩饰，也已无法掩饰。

舒馨，你太过分了。

我叹口气，眉头紧紧皱起来。

舒馨只顾低头吃饭，甚至不敢看我一眼。

非常奇怪，这一刻，雪晴的影子突然闪现在我的脑海，我非常渴望出现在雪晴面前。

难道，我觉得她能够给我带来安慰？

这就是人生，总会有人在你毫无防备的时候闯进你的心底，你永远不知道人生中会有什么未知的局。

Chapter 10

是什么让我们的婚姻变得易碎？

离婚率居高不下已是不争的事实。

也许我们对婚姻有着不切实际的期望，都想从婚姻的树上摘下甜美的果实，却常常忘了要给这棵树除草、施肥。

如果没有足够的情商、智商和包容之心，美好的情感，常常只是镜花水月。

One

非常难得，工作室今天似乎没有来访者预约。

我要去会会那个谢老师，看他究竟是哪路神仙，居然连可心这么乖巧的孩子都舍得打。

早上我特意打车送可心去上学，而平常基本上都是舒馨或者英子送她。

我本来想先看看那位教数学的谢老师的尊容，可惜，今天可心的第一节课是英语。

被孩子们称为 Miss Liu 的年轻女老师有着甜美的笑容。我觉得当一个好老师的首要条件就是要有爱心与亲和力，要让孩子们喜欢。我对她点点头，她微笑着走过来跟我说了几句话，直夸可心多么乖巧，多么聪明。

然后我就离开了，我不想打草惊蛇，没必要特意去找谢老师。

算了，如果确实有必要，改天再会会这位神圣。

把可心送到学校之后，我就到了工作室。时间尚早，才八点过几分，袁思静要九点才来。

我在电脑上开始写一篇文章，题目就叫"浅谈小学校园的精神暴力"。不是孩子被老师打得残废或者整得发疯才叫暴力，对孩子歧视、取外号、精神打击，也是一种暴力，这对孩子造成的心灵伤害同样是不能忽视的。我决定在文章里给可心取个化名，而且让她变成男孩子，把她的遭遇作为整篇文章的开头。

我准备用"雨轩"这个笔名把这篇文章投到当地报纸上，然后再给可心学校的校长写一封信，让可心班上的家长在信里联合签名。那么可恶的老师，岂能让他逍遥自在！

"郭老师，你今天怎么来得这么早？"袁思静一手拿着面包，一手拿着牛奶，出现在我办公桌面前。

我"嗯"了一声，看她一眼，仍然在电脑上敲敲打打。

"你还没吃早餐吧？"她把手里的东西递过来。

我简单说："吃过了，谢谢！"

她绕到我身后来，看了看我写的文章，评论道："是的，小学校园的精神暴力是要引起社会关注。我有个小侄儿，回家的时候手掌都被老师打肿了。小孩子是有些调皮，但，打人总是不对。"

我点点头，但没作声。

袁思静突然想起什么来，说："对了，郭老师，你今天下午应该有时间吧？昨天晚上十一点多钟，我接到一个电话，要跟你预约心理咨询，是个姓田的男人打来的，说是想要离婚，他很着急，我就约了今天下午三点。昨天太晚了，就没打扰你了。郭老师不会怪我自作主张吧？"

一般袁思静安排我的咨询预约的时候，她是要先跟我商量的，像今天这种特殊情况很少。

我边打字边说没问题。

她咬咬嘴唇，看着我说："那晚上呢？我昨天就跟你预约了今天请你一起晚餐，有没有问题？"

我停了手，想起什么来，于是回答道："今天晚上没问题。你不是雪晴的粉丝吗？我说过要请她吃饭喝茶，你给她打个电话，看她晚上有没有空，如果她有时间，我再亲自邀请她一起晚餐。我来请客。"

袁思静跳起来叫"耶"叫完后，却又有些发愣。

我猜想她一方面很高兴有机会跟雪晴一起晚餐；另一方面，她的本意是要单独跟我一起吃饭的，所以才会如此表现。

可我假装没注意到她的发愣。

我实在渴望见到雪晴，而且，我要和袁思静保持恰当的距离。

我在心底为自己临时想起来的这个主意大声叫好。

袁思静给雪晴打完电话之后，雪晴主动打电话给我，她说："看来郭老师今天很有雅兴？"

我说："是有个婚姻情感类的案例想跟美女作家兼心理咨询师探讨一下。"我决定把我和舒馨的故事化名讲给她听，看她会有什么看法。

"哦，既然是这样，那我晚上就过来吧！本来我有个同学聚会呢。"

"啊，那太不好意思了。不过，也别勉强，要不你去参加同学聚会，改天我再邀请你？"

"不用啦，我们同学经常聚，一两次不去没关系。你今天是第一次邀请我，你给了我这么巨大的荣幸，就不用改天了，你把时间、地点发短信给我吧。晚上见！"

雪晴是半开玩笑地哈哈笑着说出这番话的，我忍不住微笑。

好不容易遇到一个让你动心的人，而这个人恰好也非常重视你，还有什么比这更值得欣慰的呢？这两天我刚好在微博上看到一句话，挺有同感：

人生最大的幸福，是发现自己爱的人正好也爱着自己。

Two

三点整，一个身材高大、英俊挺拔、阳刚之气十足的男子走进我的咨询室。

他给我的第一感觉是有些大大咧咧的，此人往沙发上一靠，开口就说："我认为自己没有什么心理问题，我只是想跟你这个心理咨询师探讨一下，为什么现在的婚姻会那么脆弱？女人也好，婚姻也好，简直是娇贵的植物，一不小心，忘了浇水、除虫，她们就死掉了！我现在正在考虑到底要不要离婚。"

这段开场白倒是足以让我对他刮目相看，看来此人外表虽然有粗犷之嫌，内心却细腻华美，应该是个品质很高的男人。

他的婚姻为什么会面临碎裂呢？是一个什么样的女人和看起来这么优秀的一位男人相处不好？

"我生于七十年代早期，结婚比较晚，三十多岁才总算找了个人成家。我觉得找个合适的对象是这世界上最难的事情。为了找到心仪的人，在上个世纪末，我曾经参加一档名为'玫瑰之约'的电视栏目，那时候电视相亲不像现在这么普及，走出这一步是需要勇气的，可就算这样还是没找到。有一句唐诗，好像是白居易《长恨歌》里面的：'上穷碧落下黄泉，两处茫茫皆不见'，我觉得那就是我当时心情的写照。

"我在一所大学里教书，我妻子是我学生的同学，生于八十年代。应该说看到她的时候，我还是很有感觉的，她个子高高的，眼睛很大，头发又黑又亮，恋爱期间我非常宠爱她，可以说到了无以复加的地步。她的研究生论文是我一手帮她写的；每次带她去爬山，到了稍微陡一点的地方，我就背着她上山。也就是说，在她面前我基本上扮演了父亲、老师、兄长的角色。她对我非常依赖。

"结婚之后相当长的一段时间，我们都过着非常浪漫的生活。那时候，一放假，我们就天马行空到处去旅游。家务活我们都很少管，偶尔在家做顿饭，碗没人洗，洗碗池都长霉了，我们还嘻嘻哈哈什么都不顾。

"可能是那时候我对她太好，把她惯坏了。有时候我有应酬，回家回得晚一点，她居然用剪刀把我的衣服都铰烂。尽管如此，我还是原谅了她。"

他又是叹气又是摇头。

"我们之间有什么小打小闹都很正常，矛盾也容易化解。但她生了孩子之后，她的父母和我们住在一起，真正的麻烦就来了。我的妻子从小就娇生惯养，她的父母对她好得不得了，我偶尔管管她，她的父母就要出面干涉。当然，还发生了一些小事，使得我和她父母之间矛盾升级。

"在他们家乡，有一个习俗，就是过年的时候要去给祖先上坟。我觉得，上坟的时候，放放鞭炮就行了，他们却还要我去买烟花。那种烟花不便宜，一个就要好几百。当时买来去上坟的时候，我随口说了几句，我说白天放这种烟花真是太浪费了，结果她妈妈就不高兴了，就没放我买的烟花，而且硬逼着我把那些烟花拿回我的老家，这件事情让我一肚子火气。当然，不只是这一件事，还有许多零零碎碎的小事，反正她的父母总看我不顺眼。

"双方有了隔阂还是要继续住在一起。他们有时候为了做给我看，居然故意对孩子不好，有时候孩子哇哇大哭，他们居然理都不理，我真是看不下去了。

"我的老婆也变了。刚结婚的时候，她经常泡茶给我喝，可是，有了孩子，她根本就不管我了。我去喝茶，杯子总是空的，有时候讲她，她就顶嘴说：'你自己没长手吗？'我想我跟你结婚，不就是希望两个人互相照顾吗？否则结什么婚？这些事，没意思透了。

"如果仅仅只是家庭矛盾，可能我还能够容忍，可是，有一次过三八节，我妻子说参加单位活动去泡温泉，我却发现她没跟她的同事在一起。那么，这几天，她究竟去了哪里？结婚之后，她还从来没有离开我在外面过夜过，现在几个晚上她既不在家，也不在她跟我说的地方，那么，这里面就有严重的问题。而且她居然不承认，也不肯告诉我真相。

"我们吵架说要离婚，结果双方的父母都卷了进来，都想为自己的孩子争我们现在住的房子。有一次，双方老人都在，我爸爸妈妈出去一个上午，到中午回家的时候，发现家里的门锁都被换掉了，是她爸爸妈妈干的，两边的老人差点打了起来。总之，大家都已经把脸皮撕破，这日子基本上已经过不下去了。现在，她的爸爸妈妈看到我就像仇人一样，我的爸爸妈妈也要我离婚，我想这桩婚姻是没办法持续了，只是苦了我两岁多的孩子。"

他长长叹口气，停止了叙述。

这位田先生的思路非常清晰，我一直没打断他，听他按自己的条理一口气说下去。

我问他："田先生，你自己觉得造成你们婚姻陷入危机的主要原因是什么呢？"

他说："我觉得是我自己把她惯坏了，加上，这段时间我忙于事业，确实对她关心照顾比以前少，她有怨言。还有就是因为跟她父母住在一起，又没处理好关系，导致这样一个局面。其实我们闹矛盾这段时间，她也瘦得吓人，毕竟我们是相爱过的。唉，没办法。"

我再问："不久前我接触过一个跟你非常相似的案例，你有没有觉得自己对生活要求比较高，有追求完美的倾向？"

"可能有吧！当然我也知道这世界上是没有完美可言的，我只是对我自己要求很高，自然就会对和我最亲近的人要求也高。"

我点点头："想想你的妻子，你曾经把她当公主来宠，结婚之后，她发现自己基本上由公主变成了女奴，要做家务，要带孩子，还要给你端茶倒水，可能角色一下子是很难转换过来。"

"那有什么办法？生活不就是这样？总有一些很琐碎的事。如果她不肯做，那她就无法适应妻子这个角色，所以我们的婚姻就只能是解体。"

"你觉得导致你们婚姻危机最直接的原因是什么？"

"可能还是不该把双方的父母卷进来。事实上，夫妻之间磕磕碰碰、打打闹闹是常事，本来夫妻关系的处理已经不简单，还把双方的父母也拉了进来，那就更复杂了。唉，我看，我们的婚姻是覆水难收了。"

我说："现在下结论是不是为时过早？"

他说："我自己心里有数。心已经伤透了，我们的婚姻已经彻底死掉了。好，打扰你了，心理咨询师。我觉得在你面前理一理思绪，也还不坏。"

我说："我们总结一下吧，其实每一桩婚姻都会有自己的不足和软肋。这世界上没有真正完美的婚姻，就看婚姻双方当事人是在建设还是在破坏。你们这桩婚姻，恕我直言，你是个比较以自我为中心的人，恐怕婚后没有注意尊重你妻子的感受；然后，你们双方的父母又都卷了进来，大家没有划好界限，父母干涉儿女的事，而且伤了和气，使得你们的婚姻最终亮起红灯，我们可以这样说吗？"

他点点头："基本上是这样。反正，就是四个字，覆水难收。"

望着他的背影，我陷入沉思。

我自己的婚姻，何尝不是红灯闪烁？舒馨肯定是有问题的，可我却不知道问题到底出在哪里。

我不想再去琢磨舒馨，而我发现我脑子里浮现的是晚上就要见面的雪晴。

Chapter 11

为什么对爱情如此痴迷？

爱情如同吸毒一样令人上瘾。

事实上，陷入情网的人，他们的大脑兴奋区和吸毒时产生的快感在同一区域。

女作家对于因爱情而引起的痴迷给出了智慧的解读，也让女助手袁思静暴露了自己的心灵黑洞。

One

一个女人为什么要躲着自己的老公？从女性的角度看，会有哪些原因？

这是我决定今晚要向雪晴请教的核心问题。

我和袁思静刚在电话预订好的小包厢坐下，雪晴就到了。看来都是守时的人。

雪晴穿着一件玫红色的旗袍，天气有些凉了，她在旗袍上加了件米色的披肩，整个人看起来又庄重又年轻。

美女作家刚坐下，袁思静就拿出那本《花非花》，嘴里说："雪晴老师，您是我的偶像，请您亲笔签个名。"然后她又拿出相机，要我帮她照一张跟雪晴的合影，算是过了一把追星瘾。

我把点菜的任务交给她们俩来完成，然后要了一支法国红酒。

袁思静马上说："我要负责开车，不能喝酒啊！"

这段时间抓酒后驾车抓得很紧，交警在街上用仪器检查，如果查出是酒后驾车，后果会很严重，于是我同意放过袁思静。

酒上来了，我让雪晴随意自己倒，她只倒了一点点，就说她平常基本上不喝酒，我抓过瓶子爽快地说："看来我要学习怜香惜玉。好吧，余下的酒都归我。"

袁思静在一边叫："哇，我不知道郭老师这么能喝酒！"

雪晴却默默看着我说："适可而止，别伤了身体，这瓶酒不一定非要喝完。"

我笑笑："没关系，喝一支红酒的量还是有的。"

几杯酒下肚，我说："我给你们讲个简单的故事吧，是发生在我朋友身上的事情，可以算一个心理咨询案例。一个男人和一个比他小好几岁的女人偶然遇到了，他们几乎是一见钟情，谈了一年恋爱，就结婚了，然后生下了孩子。他们之间的感情一直不错，不过，最近，那个女人似乎出了点状况，她以单位有应酬为由，经常很晚才回家，而且回来之后，还有意躲着那个男人。你们两个都是女心理咨询师，能不能讨论一下，女人会在什么情况下有意躲着自己的老公？"

袁思静马上宣布："这个问题我可能无法参与讨论，我基本上没什么经验。"

我点点头，意思是她可以不发表意见。

雪晴说："你的故事讲得实在太简单了，而且问题也有些笼统。你说那个女人躲着老公，怎么个躲法？是指她回避跟老公上床吗？这样回避有多久了？"

我点点头说："是的，可能刻意回避的时间不算长，大约有十来天，只是那个男人刚开始没意识到。"

雪晴接着说："在我看来，如果一个女人有意躲着自己的老公，有几种情况，一是可能这个女人已经不爱她的老公了；二是可能这个女人身体不舒服；三是可能女人有什么难言之隐，比如，可能得了性病，或者身体受到伤害，再或者刚刚做过人流手术等。还有一些很特殊的可能性，也许是我无法想到的。这确实是因人而异。"

我说："这个女人非常奇怪，她特别怕痛，连正常的性生活都不停地喊痛。"

雪晴深深看我一眼，然后说："如果能够排除这个女人身体上有器质性的原因，也能够排除是男人太鲁莽，极可能，是这个女人曾经受到过性的侵害，或者是在不情愿的状态下有过性生活，总之，是造成过某种精神创伤，所以一有性生活，她本能就会感觉痛。"

雪晴这一眼看得我头皮有点发麻，她是不是敏锐地感觉到了什么？我把杯中酒一口喝干，然后说："好，这个案例讨论就到这里。袁思静同学是未婚青年，我们讨论的内容让她很不自在。"

袁思静确实一直有些不好意思的样子，但听了我的话，她反倒说："其实也没什么，只要我自己想当心理咨询师，这样的话题我不可能完全绕开，迟早要面对。"

雪晴仍旧是善解人意地笑一笑。

"雪晴老师，我倒是想请教你，为什么女人会那么重视爱情呢？你看你这本书里，写的也是如果一个女人没找到适合自己的爱人，就会觉得自己像个孤儿，就会觉得心里很空虚。"

"怎么说呢，其实对爱情的需求程度因人而异。有的人可能把爱情看得比自己的生命还重要，而有的人不过是把爱情当作味精，仅仅是生活的调剂品。事实上，爱情确实是一种很重要的精神安慰。"

"为什么会这样因人而异呢？"

"因为每个人的生长环境和成长历程是不一样的，所以人们对爱情的需求程度也有所不同。"

袁思静想了想，说："我很想知道为什么有的人会对爱情非常痴迷，把爱情看得比生命还重？"

雪晴笑一笑，把她的包打开，在里面翻找起来。

难道她在找什么东西可以回答袁思静的问题？

Two

雪晴很快拿出几张上面有字的纸来，她给我和袁思静一人一份，然后说："这是我一年多以前写的一篇文章，正好想找同行讨论修改一下，准备投稿，你们先看看。"

为什么对爱情如此痴迷？

雪晴

这首诗可以算是灵感之作，2010 年 1 月 11 日早晨，在长沙市拥挤的公交车上，沉船被打捞的情景意象突然闯进我的脑海里。

又有一艘沉船被打捞起来

又有一艘沉船被打捞起来。

没有人知道这艘船，

是在什么样的风暴里失事；

也没有人知道，

它在岁月的海底如何沉寂。

珠宝箱被捞起来，

钻石、珍珠、美玉，

每一件都让人眼睛发直。

一些腐烂损毁的物品被捞起来。

衣物、瓷器、化妆用品，

以及人类和兽类的残骸。

最后被打捞起来的，是画像，

英雄和美人的画像，

保存得非常完整。

那英雄，成熟、坚定、智慧、忠诚，

有无穷无尽的能量。

那美人，眼神温柔深情，身躯健美，

有孩童般永远天真的心灵。

整艘沉船都被打捞起来。

珠宝重又闪耀光芒；

英雄和美人从画像里走出，

他们进入人群，获得永生。

其实这首诗并非突然闯进我脑海里来的。因为这两天，我对于自己产生了某种顿悟，也就是，我打开了潜意识中一个痴迷于爱情的情结，如同在深海里打捞起一艘沉船。对我而言，这艘沉船上，载满珍宝。

我曾经是一个视爱情为生命的女人，我也曾经是一个认为自己总是找不到真正爱情的女人。我理想中的爱人，应该是一个非常成熟的男性，他最好比我大五到十岁，既能宠爱我，又能引导我。我们彼此相爱，终老此生。我相信这是相当一部分女性的终极爱情梦想。然而现实生活中，我的先生并不比我成熟多少，我们之间的关系虽然在旁人看来还不错，但是我自己知道，相当长的一段时间，我们根本不亲密。

所以我的心中，一直存留着一段遗憾，为自己没有找到一个成熟的、宠爱我的，同时也被我深深爱着的男人；所以很长一段时间，我对爱情始终不能释怀，以至于我的闺中密友半开玩笑地把我称为"爱情祥林嫂"。

前些日子，在网上看到一句话，居然流下泪来。这句话是这样说的："未成熟男人的爱经不住考验，缺乏的是深厚和执着；成熟男人的爱是博大精深的，爱得不动声色，却又坚定执着，如同父爱，他视你若珍宝。"

曾经有一次，跟我的先生交流，告诉他我的爱情梦想是希望能够找到一个可以引导我的男人，得到一个男人无条件的宠爱，他并无恶意地反问我："你有那么可爱吗？"我一时愣住，无语。

这些日子，我仍然不时和一些专业人士或非专业人士探讨爱情的话题，同时也找一些书来看。我真的很想弄清楚，为什么我会对爱情有着这么严重的痴迷。

我曾经觉得是我的父亲不够爱我，所以才导致我有着某种恋父情结，才让我总是觉得自己缺乏爱与安全感。我的父亲是军官，长年在外地。在我的童年，父亲角色是缺失的，而且我的父亲是一个在儿女面前非常严肃的人。他的教育观念是：爱孩子，要爱在心里，不能让孩子知道，否则，孩子就会不听父母的话。所以，我记忆中父亲的面容永远是严峻的，偶尔看到他跟同事在一起，才知道父亲也有能够谈笑风生的一面。

但是这个潜意识浮出来，我对爱情的痴迷依然不改，仍然无法释怀。

直到前几天，我似乎突然明白了过来。

我一度是个迷失了自己的人。大学毕业后，我一共换过将近十个工作岗位。我先后当过中美合资企业的技术工程师，跑过销售，当过办公室主管，当过总经理助理，当过秘书，客串过仓库保管员，然后是当律师，当记者，当编导，当心理咨询师；直到最近，我把自己定位于要成为一个具有影响力的婚姻情感顾问，像毕淑敏一样写出几本畅销的心理小说。因为我文字底子不差，既有律师执照，又有心理咨询师资格证，可以为出现婚姻情感问题的来访者做心理咨询，如果他们的婚姻确实没救了，我还可以为他们代理离婚。应该说，这个定位是准确的，有婚姻情感困惑的人找到我咨询，都有不同程度的收获，而我自己也对这样的工作充满热情。

这些天我同时在看几本书，都和精神分析有关。有一天突然意识到，我之所以对爱情如此沉迷，其实是因为我在逃避现实。我之所以身陷于以爱情为代表的遥不可及的美丽梦想无法自拔，是因为，我的现实不太如意，我不过是借助一些绮丽的幻想来麻醉自己。

其实，对于任何事情过于痴迷，都是对现实的回避。

当这个潜意识浮出水面，我突然觉得自己获得了前所未有的力量。

是的，我要把我的精力从那些虚无缥缈的梦想里解放出来，我要把我的现实建设得美丽多彩。

是的，我不再渴望有谁把我视若珍宝，我是我自己的珍宝。

想要成为一名优秀的作家及心理咨询师，我的使命是，我要解开我自己和我的来访者生命当中的情结，就像打捞沉船一样，尽可能把生命中的宝藏，从岁月的海洋里捞出来。

因为这些难得的顿悟，于是就有了这首诗。

可以这么说，雪晴这篇文章如同她本人一样令人惊艳。她本人已经是很有气质、耐看，而她这篇文章更是灵气十足。

仔细读完，我为她的悟性感到惊讶。过了半晌，我问她："你写的是真实的自己吗？"

她说："对，这篇文章里的我是真实的。因为这是散文随笔，而不是小说。"顿了顿，她又说，"写作确实是我的爱好。其实我的第一本书，就是我没事的时候老想把一些东西表达出来，无意中就写了好多字。后来遇到一个朋友，应该说是朋友的朋友，他觉得我的文字不错，故事也有吸引力，就这样，出来了一本书，而且第一本书的销售成绩相当不错，这样一来，我就更停不下笔了。其实，我以前从没想过自己这辈子居然会当作家。"

我把文章从头到尾又读了一遍，我承认，这么优美而有感悟力的文字，我写不出来；或者说，我写不了这么好。我说："写得相当漂亮，不要修改了。"

我看一眼袁思静，发现她在怔怔发呆。

"小袁，怎么啦？"我关切地问。

她不说话。

雪晴也问："是不是这篇文章让你想到了什么？"

袁思静做了个深呼吸，缓缓地说："是的。雪晴老师，你的文章，让我突然有了一些顿悟。我现在突然明白了，我的内心，是一直在责怪我父亲的，我老是觉得他根本不爱我，甚至对不起我和我妈妈。"

我和雪晴交换了一个眼神。

袁思静梦呓般接着说下去："在许多人眼里，我是个阳光、快乐的女孩儿，家境富有，没有后顾之忧。其实这只是一个表面现象，没有人知道我心里有许多无法言说的痛苦。"

我忍不住深深看一眼雪晴，雪晴第一次见到袁思静时，就说她的心里有黑洞，果然被她言中了。这种女人的直觉，不服不行。

雪晴抚着袁思静的肩膀说："如果你愿意，说给我听，说给我和郭老师听。"然后，雪晴看我一眼。

我马上点点头诚恳地说："是的，小袁，其实我一直希望能够好好关心你，但是不知道该如何来关心。也许这是一个机会，让我更了解你一些。"

袁思静说："我是在一个小县城里长大的。我的爸爸妈妈本来是县供销社的普通职工，在我十岁那一年，一个偶然的机会，我爸爸挖到了他人生当中的第一桶金。事情是这样的，县供销社有八千多床准备报废的篾席，我爸爸了解到北方的农民喜欢用这种席子做篱笆或者用来挡风，他就以每床一两块钱的低价拿到手，运到北方去，一床三五十块钱脱手，这单生意让他赚了一笔，此后，他和朋友们一起开矿，慢慢成了大老板。

"爸爸有钱之后，越来越多的人开始注意他。我十三岁那一年，爸爸背着我和妈妈，在外面跟别的女人生了一个男孩儿，这件事传得满城风雨，许多人说我爸爸不要我和我妈妈了；五年前，一个只比我大一岁的女孩儿偶然认识了我爸爸，我爸爸可能也喜欢她，两个人就住在一起了。他们在一起之后，我爸爸就非要跟我妈妈离婚，我妈妈无奈，只好同意。我爸爸给了我妈妈两百万，就真的离了。后来，我妈妈也重新找了一个男人组成家庭，他们也生了一个男孩儿。表面上，他们都对我很好，不停地给我钱用，我那辆红色甲壳虫就是大学毕业的时候，我爸爸送给我的礼物。可实际上，我觉得自己不过是个没人要的孤儿，有时候我好恨我的爸爸妈妈。"

袁思静说完，痛哭起来。雪晴轻轻抚摩她的头发，递纸巾给她擦眼泪，却不说一句话。

说实话，袁思静说出来的故事让我无比震惊，我怎么也想不到她会有这么沉重的往事。看来，我真是太粗心了。

看来，我要给袁思静好好治疗才行。

九点半，可心给我打的电话。如果我不在家，女儿临睡前必定会打我的电话。

她用嫩嫩的声音说："爸爸，你什么时候回家？"

我看看眼泪未干的袁思静，对着电话说："乖乖，你告诉妈妈，爸爸今天有事情，要稍微晚一点，你先睡觉，好吗？"

"好。爸爸晚安。"

我叹息着对袁思静说："小袁，我今天才知道你有这么伤心的往事，以后，我和雪晴，都是你的亲人。我们三个人，要互相支持，互相关心。"

袁思静把头埋在雪晴的怀里，雪晴轻轻拍着她，无声地给以安慰。

而我在一边不声不响把瓶子里的酒喝光了。

Chapter 12

男人之耻

当一个男人需要使用暴力才能接触妻子的身体；

当一个男人在妻子的敏感部位发现可疑的伤痕。

世界在瞬间冰冻。

One

我居然对回自己的家产生了轻微的心理障碍。

走出电梯，站在家门口，过道里声控的灯光已经亮起又熄灭，我举着钥匙，半天不想开门。今天喝酒虽然没喝醉，但酒量已经偏多，我觉得自己头有些大。

舒馨今天晚上又会故意躲着我吗？

我只想把自己掩埋在这样的黑暗里，不要去面对任何人，尤其不想去面对舒馨。

此时已是晚上十一点多钟。袁思静开车，先把雪晴送回家，然后送我。

我下车的时候，袁思静说："郭老师，我庆幸遇到了你和雪晴老师。

我们一定要互相关心，一辈子在一起。"

我明白这个小姑娘对我和雪晴都产生了依恋之情。说实话，我也有和她一样的愿望。可是，唉，一辈子，谁知道接下来会发生什么事情呢？没必要动不动就说一辈子。

于是我说："小袁，对于我们普通人来说，一辈子也许很短，可有时候，又太长太长。是真的，没必要动不动就说一辈子，珍惜我们在一起的每一天，就行了。"

袁思静若有所思地点点头，她目送我下车走进小区，过了好一阵才把车开走。

我在黑暗中发了很久的呆，这才终于打起精神，把钥匙插进锁孔，打开了门。

听到动静，舒馨从书房里走了出来。她居然连衣服都还没换，仍然穿着正式的外套——件格子小西装，里面是白色吊带，看来她连澡都还没洗——如果换上平常，这个时候，她应该早就上床了。舒馨根本不喜欢熬夜，因为她认为女人熬夜很伤身体。

这些细节告诉我，毫无疑问，捉迷藏的游戏仍在继续。

"嘉懿，你饿不饿？要不要我给你下点面条？"她问我的时候，目光有些躲闪。

我看看她，怎么都觉得她的表情有点心虚，也有点虚伪。

我很想这样回答："我的胃不饿，但是我的心里充满饥渴。"然而我什么也没说，只是面无表情地摇了下头——这摇头的幅度很小，动作很快，这样的身体语言出卖了我，微妙地透露出我对她的厌倦。

她犹豫一下，说："那你自己洗了先睡吧！我今天还要赶一份财务报表，可能会很晚才睡。"

这应该只是一个借口吧？我愤怒地想，于是我冷冷地说："你不觉得你最近表现得特别奇怪吗？如果你不想和我一起过下去，你可以选择离开，你随时可以获得自由。"

平常我从没说过这么重的话，从来没有。

舒馨愣了愣，慢慢流下泪来，她低泣着说："你明明知道，我很珍惜这个家，很珍惜你和孩子。"

"珍惜？珍惜的意思就是你每天很晚才回家？珍惜的意思就是你一天到晚躲着自己的老公？"

舒馨咬着嘴唇，过了好一阵子才说："嘉懿，请你体谅我一点儿，每个人都有自己的难处。你，你自己不也有难处吗？从我们结婚起，每两三个月你都会神秘地失踪两三天，这件事，我不是从来没有问过你吗？我相信你，我知道你不会故意做什么对不起我的事情；我相信只要是你方便告诉我的事，你一定会告诉我的。"

我一口气差点没接上来，或者说，我差点儿直接吐出一口血来。

是，我确实每两三个月都会去某个地方待上两三天，这是我的心头之痛，是一块一直梗在我胸口的石头。可是，这里面，我确实是有苦衷的。我不知道我这样瞒着舒馨独自去面对某个人，独自去承担自己生命中的一些事，这样做到底对不对，可是，我既然选择了这样的方式，就想一直坚持下去。

是，我确实不想告诉她，我到底是去干什么。也许我错了，也许我真的错了，可是，我不知道该如何跟她说起。我能说什么？告诉她我所有的不幸？可是那一切，实在是太沉重了。

难道舒馨认为，我是去跟别的女人约会？她认为我在外面包了二奶？

我艰难地喘了一大口气，盯着她说："今天我很累，你是否愿意跟我一起洗澡，帮我搓搓背呢？"

这并不是在为难她。平时，我们经常一起洗澡，她也经常替我搓背。

她咬着嘴唇，犹豫着说："今天，今天真的不行，我确实要赶工作。"

我实在无法遏制心头的怒火，我怕吵醒了可心，压低声音叫道："别跟我谈你的什么狗屁工作，明天你就去辞职！"

在酒精的作用下，我边叫边去脱她的衣服："走，跟我一起去洗澡。"

她居然死死抓住自己的衣服不放，乞求道："嘉懿，求求你，别这样！"

——好像我是什么地方冒出来的大流氓，想要欺负她似的。

什么意思？老公邀请老婆一起洗澡，这难道过分吗？

正因为喝了酒的缘故，我丝毫不理会她的哀求，用力一扯，她的外套被我扯烂了，舒馨恐慌地瞪大了眼睛。

我已经要疯了，根本停不了手，继续把她的白色吊带扯掉，然后，我愣住了。

世界在瞬间窒息了。

在她蓝色胸罩包裹的雪白乳房上，居然有几个刺眼的青紫色的印痕。那印痕化作刀剑，朝我的眼睛狠狠刺过来。

怪不得她要如此处心积虑地躲着我。

我的第一联想就是，这是哪个男人留下的——可能是用手掐的，也可能是用嘴唇使劲吸出来的。

我在瞬间变得异常冷静。

整个世界仿佛在瞬间结了一层冰。

这样一个女人，她用身体上那几个丑恶的印痕，颠覆了我作为男人的所有尊严。

我盯着她的乳房，确切地说，是盯着她乳房上的几道印痕，一个字一个字冷冷地说："舒馨，我这一辈子，从没见过比你更丑陋、更卑贱的女人。"

然后，我无法自控地举起手来，狠狠给了她一巴掌。这一巴掌打得一点都不解恨，我恨不得冲进厨房去拿把刀，砍她几下，可我的理性终究控制住了我内心的疯狂冲动。何况，舒馨不由自主地浑身颤抖着，已是无声地倒在地上。

她晕倒了。

Two

该死的！为什么是我遇到这样的问题？

眼睁睁看着舒馨倒下，我心里有些发慌，但也觉得有些解恨。

这个女人，谁让她背叛我？叛徒，就该是这样的下场。

可是很快，我后悔了。

也许我不该如此来羞辱她，更不该对她动手。毕竟，我和她在一起，亲密无间地生活了十几年，彼此之间，有恩也有情。

作为一名曾经的神经科医生，我很清楚该如何来唤醒一个可能因为身体衰弱加上受到强烈精神刺激而晕倒的病人。

我掐了掐舒馨的人中，然后把她抱到床上，如我所料，她很快醒了过来。

我倒来一杯温水，喂她喝了几口，然后想尽量温柔地问她："你好点没有？"

——结果出乎我的意料，从我嘴里发出来的声音是粗暴的带着厌恶情绪的。什么世道！连我自己的声音也开始背叛我了。

她缓了口气，然后，把身体缩进被子，蒙住脸，低低哭泣起来。

我尽量轻声说："你先休息吧，我到书房去睡，你有什么需要请叫我。我不知道究竟发生了什么，但，一切都等你身体好了再说。"

我听到自己的声音仍然是粗暴、嫌恶的，然后我逃也似的离开了她。这一刻，我根本不想待在这个家里，直想逃出去。

可是，我往哪里逃？宾馆？工作室？这跟一个人在书房里有什么不一样吗？何况，毕竟我放心不下舒馨。

这世界，我无处可逃。

我必须自己去面对。

我躺在沙发床上翻来覆去，一直无法入睡。

我脑海里的画面一会儿是舒馨带着印痕的乳房，一会儿是舒馨曾经甜蜜微笑的模样，然后，雪晴沉静的面容也浮现在我心间。

翻了一个多小时的烙饼，我索性爬起来，打开电脑，搜索雪晴的网络资料。这一刻，只有她能给我带来片刻安慰。

我只知道雪晴是小有名气的作家，没想到她的名气已经那么大，她已经成了一些人心目中的明星，怪不得袁思静要来追星。

我在一家网络直播室里看到了她接受主持人访谈的视频，她们谈论的是剩女话题。

我心神不宁，根本听不进她们谈论的详细内容。

我只是盯着雪晴的脸，她的微笑，让我心安。

凌晨三点，我起身去看看舒馨。

她居然睡着了，也许是因为这些天她太累了，她的眉头紧紧皱着，像个受了委屈的孩子。想起她胸前的印痕，一股热血不由分说地就往我胸口上涌。

耻辱啊！耻辱！

舒馨，为什么你要带给我这么大的耻辱？

我转身到可心的床前去看了看。一张娇嫩的脸，像含着露珠的花瓣。她长长的睫毛颤动着，应该正在做一个梦。这张小小的脸，在过去的岁月里，不管有多少烦恼，我只要凝视她，仿佛什么都可以忘掉。

可现在，这一招似乎失灵了。

我像个幽灵一样，在家里游荡了好一阵。除了英子的房间，其他地方我都走到了。然后，我重新回到书房，颓然倒在沙发床上。

我不想去猜测在舒馨身上，究竟发生了什么。显而易见，她生命里出现了另外的男人，而且那个男人，绝对不正常，至少和舒馨在一起的时候他不正常。如此刻意留下痕迹，肯定有非常明显的动机：也许是为了报复舒馨，也许是在向舒馨身边的男人挑衅，但我不可能仅仅靠猜想就想得明白。

我甩甩头，是的，别再去猜想。

冷处理这件事吧，至少，我们冷静一段时间再说。

舒馨不是在躲着我吗？

继续躲吧！

我们都躲着对方，至少半个月之后再说。

第二天早晨，我六点半就爬起来了。换作平常，我大部分时候都会睡懒觉，一直到可心过来骚扰我，叫我起床吃饭，我才会爬起来。

可现在，我不想让可心发现她的爸爸又睡在书房里。

我对正在英子帮助下穿衣服的可心说："可心，爸爸这段时间想锻炼一下身体，以后早上不陪你吃早餐了，你要乖啊！"

"不嘛！爸爸，我要你陪我吃早餐。"

　　我走过去抱抱女儿说："可心乖，如果再不锻炼身体，爸爸的身体就会越来越糟糕，会很容易生病，可心不想要爸爸身体棒棒的吗？"

　　"想！好吧，爸爸，你去锻炼吧！"

　　我又对英子说："你要注意照顾好舒馨，她这段时间工作太累，身体不太好。"

　　英子赶紧点点头。

　　我摸摸可心的头说："乖，要听话啊，要学会照顾自己。爸爸出门了，Bye bye！"

　　"爸爸，Bye bye！"

　　我赶在舒馨起来前逃离了家门。

Chapter 13

女之耽兮，不可说也

男人和女人对待情感的态度可谓云泥之别。

通常如此。

女人啊！当你准备陷入一段感情，需要知道什么？

One

龙思远可能是遇到了什么麻烦，这是我的猜测。今天本来应该是他前来咨询的日子，但他临时打电话取消了约定，说是他要亲自主持召开一个紧急会议。

这只是一个常规色彩的紧急工作会吗？还是他自己遇到什么特殊情况了呢？我不得而知。我忍不住对他有隐隐的担忧，尽管我明知这担忧是无用的。

我知道我只管得了自己。

我还是提前熟悉一下今天下午这位来访者的资料吧——一个三十多岁的女性，因为受婚外情困扰，预约了下午四点半来咨询。

很多时候，受婚外情困扰，前来找心理咨询师咨询的女人，恰恰都是那种素质比较高的优秀女性，至少我接待的来访者基本上都是如此。

袁思静拿给我的资料很简单——姓名：高敏，年龄：32岁，职业及其他资料都是空白。

我想，其实，她的姓名和年龄也可能根本就不是真实的，只不过是临时方便有个称呼。

给我的感觉，高敏反应敏锐，像个典型的事业女性。她的脸盘不是那种可以很上镜的小脸，但线条也还算柔和，加上五官秀丽端庄，算得上是一个很容易让人产生好感的女人。一套做工精良的紫色西装裙，恰到好处地裹在她苗条的身体上，这绝对是个有魅力的女人。

"偶然的机会，我认识一位成功人士。起初，我只是想稍稍接近他，希望他有什么资源可以为我所用，帮助我发展事业，因为我是个事业心很强的人。可是，没想到，两人见过几次面之后，我居然陷入了情感纠缠，不能自拔。"

高敏的这段开场白非常精妙，仿佛什么都说了，事实上又什么都没说。

我仔细地看着她，同时用心分析她说的每一句话。

怎么来解读这段话呢？

"偶然的机会"，这个可以忽略——各种各样的社交场所，像她这种事业型女人，认识人的机会太多了；"成功人士"，这年头所谓的成功人士，目前社会上有个通行的定义——官至厅级，财过千万，成名成家，那么，这个成功人士是什么来头？"两人见过几次面"，又是在什么情况下见面？两人只是在一起聊天喝茶，还是非常亲密？

总之，她叙述得非常含糊，而且可以肯定她是故意如此含糊其词的。心理咨询师不能像记者采访那样穷追猛打，只能巧妙迂回地获取信息，而且，获取信息的目的并非刺探他人隐私，而是促进来访者的自我觉察。

我问："你是说你自己陷入了感情纠缠？"

她说："是的，我非常苦恼，一方面，我陷入情网了，常常想他，想到掉眼泪；另一方面，他对我的态度却非常不明朗，而且，他一点都不主动。不过，当我约他，他有时间跟我在一起的时候会非常开心，但是他很少很少主动找我。"

"你的意思是，他对你的态度有些矛盾，好像很喜欢你，却又有意跟你保持距离，是吗？"

"对，就是这个意思，我不知道该怎么办。"

"你希望怎么办呢？"

"我希望他对我更主动一些，更珍惜我们之间的感情一些。"

应该说，一个智慧、成熟、人品好的人，绝对不会轻易动感情，招惹所谓的桃花运。而一旦遇到一份真感情，必定用心呵护，让彼此舒心快乐，有苦共担、有福同享，不知不觉就是一生。感情的事情处理不好，最容易害己伤人。

我不是很清楚高敏遇到的究竟是怎样的一个人，于是淡淡地问："你有没有把你自己的愿望想办法告诉他呢？"

"告诉过，但他基本上还是老样子，不过，还是有所改进。"

"怎么个改进法？"

"比如说，他以前一回到他的家，就不回我的短信，我发好几条他都不回，但是后来，他还是会简单回复了。"

"你是怎么解读他不回短信这个信号呢？"

"他可能是怕他的家人发现吧！可能担心他妻子看到他发短信会不高兴。他是那种特别会替别人考虑的人。其实如果跟我在一起，他也会很替我考虑，很细心。"

"哦，你觉得你来心理咨询的目的是什么？"

"我想弄清楚，我究竟该怎么办？是放下他，还是就这样跟他不冷不热地保持距离；或者，是不是有什么办法可以让我和他之间达到我想要的状态。"

"你想要的是什么状态？"

"我希望他可以成为我的精神支柱，我们之间亲密无间，可以一辈子彼此牵挂，到老都是最好的知音。"

又是一辈子。女人啊，为什么动不动就想要一辈子呢？也许她们太看重感情，太需要安全感了。

"你对他表达过你的愿望吗？"

"应该是表达过的，他当时只是笑一笑，嘴里说好，但是我觉得他还不够有诚意。至少，他的行动，是不够有诚意的。"

"我再核对一个信息，你是说他已经有家庭？"

"是的，他有他的家庭，我也有我的家庭。其实我觉得我们两个人都是正直的、有作为的人，我自己的事业做得也不错，是一家大公司的人力资源部总监。只不过，感情的事，真的说不清楚。我的家庭关系建设得不够好，我和我先生动不动就想离婚，只不过是因为有个两岁多的孩子，我们才没离。"

我明白了，这是一个典型的情感需求在婚内得不到满足，因而渴望寻找婚外寄托的人。

可是，婚外的情感寄托，就那么容易找得到吗？

Two

高敏犹豫一阵，然后说："其实我和那个人私下里已经走得很近，嗯，非常近。正因为这样，我才会纠结。我想，既然我们已经这么亲密，为什么他还要跟我保持那么远的距离？我是真的受不了。"

我说："说到底，这是你们两个人自己的事。你们当然可以建立属于你们自己的一套私道德，关系很近也好，承诺不离不弃也好，只要你们自己愿意；不过，既然是私道德，你们就有责任也有义务保证你们的秘密绝对不会外泄；但是，我们都知道，这其中的风险是很大的，也许这就是他对你若即若离的原因；或者，你们也可以约定遵守公共道德，也就是，以后不再私下里往来。这都是你们自己的事。"

高敏的眼睛亮了亮："郭老师，私道德这个说法，我还是第一次听到。"

我笑笑："这很可能是我自己发明的，是我刚刚想起来的。心理咨询师偶尔可以自己创造一些词语，只要来访者能够听明白。当然，也有可能是我在什么地方看到过这个词，有一点印象，后来忘记了，只是现在突然又想了起来，我不是很确定。"

"这几天我非常痛苦，所以才会来找心理咨询师。"

"这几天发生了什么具体的事情呢？"

"前些天放国庆长假，我其实很希望找机会跟他聚一聚，但是他一点消息都没有。我不知道他是怎么安排的，也不想主动去问他。我突然觉得我们这样下去很没有意思，我和他之间的感情像一条单行道，老是要我去找他，他却不来找我，我不喜欢这种不被珍惜的感觉。于是，我就给他发了一条短信。我说我觉得他真的不喜欢我，我说我想起他的时候，我常常会很苦恼，然后说，我们还是算了吧，也许放下、不牵挂，就不会觉得痛苦了。可是短信发出去之后，他居然不理我。"

"你发短信说你们之间的关系结束算了，他不回应你。"

"是的。我们在同一个城市，我跟他交往的时间接近半年，除了刚开始一两个月我们接触得稍微频繁一些，后来，基本上都是一个月才见一次面。我以前也因为不满他对我不主动，发过要结束我们之间交往的短信，他会马上就打电话过来，笑呵呵地解释他很忙，然后说有时间再约我聚。也就是说，前几次，他还是很在意我的，现在，他基本上不怎么在意我了。"

"哦，高敏，对于这样一个人，假如我用'始乱终弃'来评价他，你认可这个评价吗？"

"嗯，这样评价，也许有道理，但对他来说可能稍微过分了些。其实他是个不错的人，有一定的责任心，也很有上进心，很爱学习，他是那种内心比较强大的男人，想要做一件事，就会尽全力去实现自己的理想，我还是很欣赏他、钦佩他的。他之所以这样对我，也许是因为他有太多顾虑，毕竟他有一定的社会地位，不希望因为跟我有密切交往而导致什么闪失；也可能是因为他确实很忙，没那么多精力照顾到我的感情需求；还可能他自己的感情需求并不多，所以，他并不希望我们太亲密。当然，这些都是推测，我发现我并不真的了解他。而且，可以肯定，他确实是不够爱我的。当初他接近我，也许只是因为他对我好奇，一旦他的好奇心得到满足，就不再关心我了。"

"嗯，高敏，非常不错，我觉得你是个很有悟性的人，你怎么看待你自己这些天的痛苦呢？"

"这些天我常常想起《诗经》里面的句子：'士之耽兮，犹可说也；女之耽兮，不可说也。'就是说如果男人沉湎于感情，还能够解脱；而如果女人沉溺其中，就没办法摆脱，这话说得真是太对了。"

我笑笑说："这话可能从普遍意义上来说，是对的，但也因人而异。"

高敏问："郭老师，你是个男人，你能不能从男人的角度来解读那个人对我的态度呢？"

我想了想，说："关于那个人，你只给了我一个成功人士的概念，对吧？所以我也只能给你一些模糊的猜想，他之所以对你不主动，是因为他自己不想承担主动的责任，也就是说，如果你想跟他保持交往，你自己必须是主动的，是要自己对自己负责的；还有，你们的交往毕竟跟主流的道德观是不相符的，他可能不想因此承担太多的风险，至于一开始他对你稍微主动些，那是因为他起初对你有好奇感和新鲜感，而这两种感觉一旦得到满足，他考虑的就必定是自己的安全；最后，假如他是个很守规矩的男人，也许，他的内心会希望你扮演一个勾引他的坏女人的角色；还有一个不能够忽视的因素，一个比较成功的人，通常是大忙人，可能他确实没那么多时间和精力顾及你的感受。"

高敏一副恍然大悟的样子说："我承认你说的这些，有许多是我从来没想到过的。郭老师，跟你聊一阵，我觉得我好像没那么痛苦了，也想通了，我现在很想给他发一条短信。"

"那你发吧。"

高敏拟好了短信，然后把手机递给我。我犹豫一下，接过来看，上面是这样写的："看来我做的放下的决定是对的。也许我们无法满足对方的期待，不管怎么说，希望我们依然是朋友，我珍惜此生与你相遇相知，希望有一天，我们仍有机会在阳光下相逢。保重！"

我把手机还给她，什么也没说，她马上把短信发了出去。

　　过了几分钟，对方回短信了："寻找机会在阳光下相见。"

　　高敏舒了口气，她自言自语地说："是的，还是阳光下更明亮更温暖。"

　　可是，高敏和那个男人真的那么容易就可以结束一段感情吗？这是一件值得怀疑的事情。当然，也是一件不应该由我主动操心的事情，除非高敏再度来找我。

Chapter 14

提 拉 米 苏

天宇茫茫，时空杳杳，我们人类，如此如此地孤独。所以每个人都在寻找存在感、归属感，寻找寄托，总想要抓住一个人，也总想把自己交给可靠的人。

"提拉米苏"的寓意是："带我走吧！"可是，谁能带你走？你能跟谁走？

One

送走高敏，该下班了，可我不想回家，不想见到舒馨。

我坐在办公室里发了一阵呆，都快六点了，袁思静说闺密约她逛街，已经离开，我一个人在办公室里百无聊赖。

何去何从？

犹豫良久，我拨通了雪晴的电话。

"雪晴，今晚有空吗？想请你吃饭。真是对不起，没提前跟你预约，现在给你电话，只是来碰碰运气，如果你没空就算了。"

"嗯，我刚点好餐，在金牛角中西餐厅，一个人，要不你过来吧！"

我松了口气，心中一阵窃喜，于是赶紧给家里打了个电话，是英子接的，我告诉她今晚我不回去吃饭了。

雪晴面前摆着一份套餐米饭，一份我叫不出名字的甜点，还有一碗汤——看起来她刚开始吃。

她对我笑笑说："我怕你来得太晚，饭菜凉了，所以没等你。你自己点东西吧！"

我对站在身边的服务员说："我要跟这位美女一样的东西，另外加一份擂辣椒皮蛋、干锅桂鱼仔，一壶桂圆红枣茶，一杯十年熟普，一份水果沙拉。"

雪晴瞪大眼睛说："点那么多？"

我随意做了个手势，表示我想点这些东西。

服务员说："这位美女点的是台湾卤肉饭、提拉米苏甜点、奶油蘑菇汤，先生你确定要点跟她一样的吗？"

我点头："确定。"

服务员离开了。

我问雪晴："你怎么会一个人跑到这种地方来吃饭？"

雪晴笑着说："本来约了个大帅哥，结果被帅哥抛弃了。哈哈，开玩笑的。"她接着说，"我常常一个人在外面吃饭，没觉得有什么不好。"

"为什么常常一个人在外面吃？你的家人呢？"

"嗯，嗯，"雪晴莫名其妙地有些慌乱，说话有些含糊，"我先生经常在外地，我的儿子在读寄宿学校，只是周末我会稍微忙一些。"

她的眼睛似乎有意回避我。假如她是我的当事人，我会认为她是在撒谎，但我没理由怀疑雪晴撒谎。我只知道她好像故意把话说得比较含糊，但目前我听不出这里面有什么不妥，后来才知道其中的缘故。

我于是开玩笑："哦，是这样的。下次你还是一个人在外面吃饭，就给我打电话，我当你的提款机好了。"

她看我一眼，笑一笑，没出声。

我没话找话地对雪晴说："这种甜点的名字为什么是提拉米苏？有没有什么典故？"

雪晴把提拉米苏拿到我面前说："你先吃这一份，真让你问着了，提拉米苏是有典故的，而且这个故事很感人。我就是因为喜欢这个故事，才要了这种甜点。"

她喝了一口汤，然后慢悠悠说下去："据说是一位意大利士兵即将开赴战场，可是他家里很穷，没什么东西，他的妻子就把家里剩下的饼干、蛋糕什么的，通通混合在一起，做成了一块点心，并且给它命名为'提拉米苏'，其中蕴含的意思是'带我走吧'。"

带我走吧！我想在一些特定的时刻，每个人的内心，都会发出这样的呐喊。

"这个故事真美！"我由衷赞叹，然后拿起勺子舀了一勺放进嘴里，"嗯，口感也不错。"然后我眨了眨眼，说，"其实关于提拉米苏这个故事，不见得真是流传下来的，也可能是做这种甜点的商家有意杜撰的。因为一样东西，如果有了文化内涵，会变得更有魅力，所以商家为了自己的产品畅销，不惜编故事。"

雪晴愣了愣，说："我同意你的看法。不过，我宁愿相信真有这个故事。"

正好卤肉饭上来了，我尝了尝，感觉不错。

雪晴微笑着说："我听到一个说法，说一个优秀的心理咨询师会是一个中性人，果然如此。"

我张口结舌地问她："这话怎么说？你怎么会觉得我是一个中性人？"然后我加重语气开玩笑道，"可惜我没太多机会让你领略我的阳刚之气。"

雪晴不以为意地笑着说："我曾经跟几位男性朋友先后在这家餐厅吃饭，其他男人点的都是辣的或者其他湘菜，只有你愿意尝试跟我一样的东西。"

"你说对了，我确实只是在尝试。以前我也和朋友一起在这家餐厅吃过饭，我们都是点中式小炒。今天看到你吃这些东西，所以我决定跟你一样。怎么，这让你觉得我很女气？"话一说完，我哈哈大笑起来。

"不，不是女气，我觉得你很包容，适应能力很强。"她有些不好意思。

"谢谢夸奖。"

吃完饭，桂圆红枣茶和普洱茶上来了。

雪晴探究地说："你刚来的时候，我觉得你好像有心事。今天约我，是不是想跟我说什么事情？"

这个敏感的女人，她猜对了。

可是，不知道为什么，我临时改变了主意，我决定不说舒馨的事了。和雪晴在一起，我愿意我们之间的气氛是轻松愉快的，我不想自己的心情变得沉重。于是，我笑笑说："没事情跟你说，就不能约你吗？"

她娇柔地白了我一眼，说："你约我，总有原因吧？"

我半真半假地开玩笑："如果我告诉你，我约你，是因为我想追你，你还会见我吗？"

她哈哈笑起来："男人追求一个女人，是对这个女人最大的赞美。不过，如果你想追我，那要看我的心情怎么样，还要看你的表现怎么样。"

我叹口气："唉，你这个女人，我不是你的对手。"

"怎么唉声叹气的？"

"这段时间运气真不好，没一件事情让我觉得开心，除了和你在一起。"

"呵，你应该知道，任何依赖外在的东西才能得到的喜悦，都不是真正的喜悦。外在的一切，都是短暂易变的。"

"是吗？你呢？你也易变吗？"

Two

雪晴不置可否地笑笑，没再继续跟我开玩笑。

我收敛起笑容，认真地说："其实今天约你，本来是想跟你说一些事，一些和你无关的事。不过，我临时改变主意了，我决定如果要跟你说什么，那应该是跟你有关的事才行。"

我故意顿了顿，然后再接着说："不过，发生在我身上的又跟你有关的事情，目前暂时还没有，以后我会想办法制造一些事情。现在，我还是来听听你自己说一些跟你有关的故事吧，我确实对你产生了不小的兴趣。"

"你打算像研究小白鼠一样来研究我，对吗？"她忍不住又开玩笑。

"不，是像研究国宝大熊猫那样来研究你。"我用一本正经的样子说。

雪晴再一次笑出声来。

沉默一阵，她说："这样吧，我给你讲一件昨天发生在我身上的小事情，是真的很小，在你没来之前，我自己一直坐在这里琢磨这件事。"

我说:"洗耳恭听。"

"我昨天去我儿子的学校看他,除了周末陪小朋友,平常我还会抽空带点小零食去看他一次,这次是坐公交车去的,平常有时候打出租车,有时候是和孩子他爸开车去。在公交车上,一个年轻女人提着一袋橘子,一不小心,一个橘子滚到了车厢里,那个女人看了看那个橘子,没起身去捡。当时只有几站就到终点站了,车上的人不超过十个,大家都看到了那个躺在车厢里的橘子。

"过了一会儿,那个女人下车了,临走前没把橘子捡起来,我开始猜测这个橘子会有怎样的命运。车上有个十来岁的男孩儿,跟着他的父母在一起。我想,也许这个孩子会把橘子捡起来,但是他没有。过了一阵,橘子滚到一个男人的皮鞋边,我想,糟了,那橘子别被这个男人踩成橘饼啊!再过了一阵,橘子离开那个男人,滚到了车子的前部,我想,到了终点站,司机下车的时候应该会把橘子捡起来吧,他应该习惯捡拾车厢里的东西。就这么胡思乱想着,车到终点站了,我也和大家一起站起来,但我的眼睛仍然望着那个橘子。结果司机把车钥匙拔出来,头也不回地下了车,其他的乘客也都纷纷下车,没看到谁有想捡起那个橘子的意思。于是,我只好自己去把那个橘子捡了起来,说实话,当时我心里还有点不好意思。后来,我把这个橘子跟我的孩子和他的几个小朋友一起分享,我自己也尝了一瓣,味道很甜。"

我认真倾听她的叙述,看来我对她实在充满了兴趣,因为她说的内容不见得多么有意思,我却听得津津有味。

"刚才我在琢磨这件事,我想,为什么我要这么做呢?不过是一个橘子而已。如果说我是不想浪费,事实上,在我自己家里,还有一两斤橘子因为买久了没人吃,橘子皮都干了。究竟是什么原因让我做这件事呢?我想了很久没想出个结论来。现在向你这位大专家请教一下，你帮我分析，为什么我要把那个橘子捡起来？"

我想了想，说："我觉得你并不完全是担心浪费这个橘子，而是，你在关心这个橘子的命运。假如谁都不把它捡起来，那么很显然，它恐怕就会被扫进垃圾堆。你不忍心让你自己看到的美好的东西被丢弃，这应该是你的心理动机；还有，这里面还隐藏着一个社会促进效应。在众人面前，人们都倾向于表露自己内心美好的一面，这就是你不管家里的橘子而要捡起车厢里遗落的一个橘子的原因。"

雪晴点点头说："对，应该是这样。后来我边吃边想，好歹没有浪费这个橘子一年来的春华秋实。"

我的手机响了起来，可心脆脆的声音说："爸爸，你怎么还不回家？"

我看着雪晴，对电话里的可心说："乖乖，今晚你先睡啊，爸爸还有事呢！"

可心说："好。爸爸，你要早点回来啊！"

我说："好的，宝贝晚安。"

雪晴说："看来你的家庭很幸福。"

我淡淡地说："曾经很幸福。"

她惊讶地问："曾经？"

我点点头："对，曾经。"

然后我把头转开，示意我不想谈论这个话题。雪晴果然善解人意，也不再多问。

我问她："你呢？你的家庭幸福吗？"

她沉默了一阵，然后叹息着说："怎么说呢？凑合着过吧。"

我想起她说她的老公经常在外地，就问："你老公经常出差？"

她犹豫一下，再点点头，然后说："地理距离并不是主要问题。"

我问："你的意思是？"

"嗯，怎么说呢，我和他经常一个星期连个电话、一条短信都没有。可以这么说，他是那种对感情需求不多的人。"

听了她的话，我沉默不语。

这世间，果然不如意之事，十有八九。我突然明白为什么雪晴会成为一名作家，她是那种心里充满激情的人，偏偏却一腔激情无处挥洒，于是在文字中寻找寄托。从这个意义上来说，这倒也不算一件坏事。

我陪雪晴在马路上走了一段。因为回家的方向不同，我要送雪晴回去，她却相当坚决地拒绝了，我只好不再坚持，我们说好稍稍走一段就各自找出租车。

我身高一米七八，雪晴应该是一米六，我们走在一起，可以说非常相称，而更相称的是我们脖子上面的部分。

为什么十年前，我们没有遇见？

我不时看看她，她低着头默默地走。

我忍不住要去牵住她的手，她犹豫了一下，并没有躲开。

想起提拉米苏的寓意，我的心涌起一阵冲动，忍不住在心底呐喊："雪晴，带我走吧！或者，跟我走吧！只要我们在一起，走向世界任何地方都可以。"

回到家里，卧室的门开着，一盏壁灯微微亮着，我知道那灯光代表舒馨胆怯的邀请。

可我毫不犹豫地进了书房，连澡都没洗。其实我是个爱清洁的男人。

这么做，只因为我还没有原谅舒馨。

这颗心太苦了，这个身体太累了。

Chapter 15

龙思远：他们开始下手了

"炫富丑闻"背面，居然是阴谋。

远在欧洲的无辜女孩儿，也被卷入其中，深受其害。

"郭老师，有件小事，不知道该不该告诉你。"袁思静嘟着嘴，一副卖萌的样子站在我面前。

如果真是小事，我想她应该不必浪费唇舌，可是既然她有点拿不准该不该告诉我，可见这件小事不见得太小，而且应该与我有关。

这时候是下午两点，我边在咨询室里等龙思远，边翻看自己上两次写的心理咨询手记，于是我头也不抬地对袁思静说："简单说说吧！"

"刚才师母打电话要我介绍一个女心理咨询师给她，她说她有一个女朋友想做婚姻方面的咨询，要找一个女性心理咨询师，我就把雪晴老师的电话告诉了师母，然后再给雪晴老师打了个电话，告诉她师母找我要了她的电话，可能是师母的朋友要做咨询。"

即使我没抬头，我也能感觉到袁思静边简单流利地说出这番话，边在观察我的反应。

心理咨询师都是比较敏感的。袁思静的用意非常明了，她是在探询是不是我和舒馨之间出了问题，她一定在猜测，舒馨问电话，是不是为了方便自己咨询。

在袁思静看来，这几天我的表现实在是太反常了，总是早早到办公室，很晚还不肯回家——不只是袁思静觉得我反常，英子、可心都感觉到了我的反常。

英子问了我几次："嘉懿哥，为什么这段时间您老是不在家里吃饭？是不是您不喜欢吃我做的菜？"可心好不容易见到我，会攀到我脖子上来撒娇："爸爸，你怎么老是在外面？你要多回家陪陪可心啊！"

只有舒馨一个人知道原因，她空前地沉默，整个人憔悴不堪，也一下子消瘦了很多。我看在眼里，心里对她依然有怨恨，甚至恶毒地想："活该，都是你自找的。"

在想清楚该怎么来处理这件事，怎么去面对舒馨之前，我只能回避她。如果说我对舒馨的态度是一种家庭冷暴力，那么，我遭受的又叫什么？每个人，都要为自己的行为负责。是舒馨的行为，造成了今天的结果，真的不能只怪我。

连续好几天，我都是这样，早出晚归，晚上睡书房，根本不给舒馨任何机会。当然，不能老这样下去，我得找时间认真想清楚，到底该怎么办，然后再跟舒馨好好谈一谈。

前些天，好几次下班的时候，袁思静约我一起晚餐，我都拒绝了，借口是自己要抓紧时间写一篇论文。

我不理会袁思静此刻刺探的目光，简单说："你做得很好。好了，我要在这里静一静，今天这位来访者会让我很伤神。"

袁思静知趣地退开了。

舒馨真会去找雪晴做心理咨询？如果是这样，这世界，未免太小了。

算了，不管这件事了。我把心思收回到眼前的咨询手记上来。

这个龙思远，可真不是省油的灯啊！

第一次见面，他就说他要自杀，然后透露了一个他如何轻易获得一百五十万元的秘密；第二次见面，他向我讲述他做过的噩梦，感叹世人如何贪婪成性；第三次本该见面的时候，他取消了预约，说是要主持召开紧急会议。

今天才是真正的第三次见面，他又会给我带来什么样的信息呢？

说实话，想起要见到他，我浑身都有些紧张。我赶紧做了几个深呼吸，全面放松自己，而外面传来袁思静跟龙思远打招呼的声音。

该来的，谁也躲不掉。我振作起精神。

龙思远这次的打扮和前两次截然不同，是非常休闲的风格，他穿着一件白色的夹克，一条浅色的牛仔裤，仍然是非常考究的质地。但与此形成鲜明对比的是，他的表情一点都不休闲，他的脸色是阴沉沉的。

他坐下来一言不发，摸出烟和打火机，先是递一支给我，我摇摇头说："谢谢，我不抽烟。不过，我不介意别人抽。"他于是把那支烟塞到自己嘴里，给自己点上，开始大口抽烟。他的手一直微微有些发抖，神情极其疲惫。

我起身把窗户打开，然后坐下来，一下子看看他，一下子看看我的咨询手记。

我猜想他这个时候猛抽烟，也许是为了掩饰什么，比如说，心头的恐惧、愤怒，诸如此类的情绪。

我冷眼观察他，但见他有时候吸住烟不放，仿佛谁在烟头上装了个吸盘，牢牢吸住了他的嘴；有时候他把烟点着，才吸一口，就把冒着火星的烟头按熄，丢进烟灰缸；还有时候，他把烟塞进嘴里，打火机在半空举着，做出要点火的姿势，却半天忘了点烟。

　　十分钟过去了，烟灰缸里堆了十几支长长短短的烟头，龙思远仍然没有开口。

　　然后他突然把只抽了大约三分之一的一支烟从嘴里取出来，狠狠在烟缸里按熄，他呼出一口长气，说："狗娘养的，他们开始下手了！"

　　我心惊肉跳。下手？什么意思？可我什么也没问，只是惊疑地看着他。

　　"那帮畜生太卑鄙了！居然对我女儿下手！"

　　对他的女儿下手？这又是什么意思？他女儿不是在德国留学吗？我完全不得要领。

　　他叹息一声，说："郭老师，是这样，有些事，我还是有限度地跟你透露一些吧！一个多月以前，我偶然知道了我所在单位一把手的一桩秘密，就是他受贿两千万，导致一个会破坏环境的非法项目上马。当时，我本来要极力反对这个项目，可惜我的话语权太少了；后来又无意中知道了一把手的秘密，我自然就成了他的眼中钉。我有一个远亲，平常跟我私人关系极好，但他却是一把手阵营里面的人，他警告我别再管任何闲事。其实我根本没管闲事，我做的不过是我自己的分内之事。得到警告之后，我很犹豫，做了些调查，无意之中就获得了一把手受贿的间接证据。我咨询了阿玲，阿玲说这份证据只能算间接证据，是很不充分的。当时我左右为难，想装作不知道又来不及了。然后，我那个远亲悄悄告诉我，说我有生命危险，还透露一把手可能会找人对我下手，然后伪造成我自杀的场面。我第一次找你咨询的时候，说自己要自杀，那不是真的，那是因为，我知道自己很可能要'被自杀'，可是我不能对任何人说，只能如此含糊地告诉你。现在我虽然把部分的真相告诉你，但是你一样不可能知道真正的真相。所谓真相，连我自己都不可能再知道。然后，这段时间，我不多走一步路，不多说一句话，小心谨慎，我倒想睁眼看清楚自己是怎么死的。很奇怪，一直没人正面对我下手。可是现在，麻烦来了，他们居然从我女儿入手。"

"从你女儿入手？"我无法自控地脱口问了这么一句。

"是的，我告诉过你芸芸在德国留学。芸芸平常喜欢写博客，她写博客的目的，一方面是她自己有这个兴趣，喜欢记日记；另一方面，她是想让我们在国内也知道她的情况，所以她经常写。前两天，她写她和同学开着顶级宝马车在豪华别墅里聚会，还在博客上配了图片，里面有一些高档葡萄酒和高级巧克力。结果，现在这条博文被添枝加叶，在网络上被冠以'处长女儿炫富'的标题，到处疯传，浏览量一夜之间就过百万。而且进行所谓'人肉'搜索，把我和我女儿的名字都在网上公布了。

"事实上，顶级宝马和豪华别墅都是我女儿同学的，高档葡萄酒和高级巧克力也是她同学家里准备的。很显然，是有人故意以讹传讹，目的就是要把我搞垮。我今天已经接到纪检部门的电话，提醒我可能会要我暂时停止上班。我自己倒是没什么，反正，我连被整死的准备都做好了。可怜的是我的女儿，一下子陷入极度的精神恐慌，她昨天晚上一直在给家里打电话，一直不停地哭。后来我劝她吃点安眠药，好好睡一觉，其他的，醒来再说。这时候，德国的时间应该是早上七点，我女儿应该已经醒过来了。"

"郭老师，我想请您通过网络视频给芸芸进行心理辅导，好吗？不过，你只能对炫富风波就事论事，安慰她一下，我跟你说的那些涉及机密的事情，跟芸芸一句话都不能透露，请您把握好分寸。"

我点点头。

我和龙思远来到电脑前，我打开开关，开始操作。龙思远则打电话给芸芸，说明情况，让她赶快上线。

一个眼睛肿得像桃子，但依然非常漂亮的年轻姑娘出现在视窗里。

龙思远说："芸芸，我身边的就是我跟你说过的郭老师，他是非常值得信赖的，你有什么话，都可以跟郭老师说。"

芸芸说："郭老师，你好。"

"芸芸好，你现在情况怎么样？"

"我现在还有点头晕，不过，已经好多了。郭老师，可能我爸爸把情况都告诉你了吧？"

我说："略有所知。"

芸芸说："这世道，真是人心难测。我其实只是在博客里稍微晒了晒自己的私人生活，就这么被人恶搞。其实我的措辞完全没有炫富的意思，我们家也算不上富。实在要说有什么用意的话，我应该是在'羡富'，羡慕我一位德国同学家的富有。这年头，能够供孩子出国留学的家庭那么多，怎么偏偏跟我过不去呢？其实我的博文里写得比较清楚，说明了豪车、豪宅都是同学的，是哪个极其无聊的人要对我栽赃呢？我后来专门写了一篇申明，说明真实情况，却没人理会了。"

看来芸芸对父亲的困境确实一无所知，她也完全不知道，她的遭遇不过是他们家庭厄运的导火索。

该怎么来安慰芸芸呢？

我说："芸芸，我们生活在这个世界上，既会发生一些我们能够控制的事情，也会发生一些我们无法控制的事情。现在这件事情已经发生了，不是你能够控制的，那么，你好好想一想，在这个不可控制的事件中，还有哪些因素是你自己能够调整，又对你自己有利的呢？"

芸芸一脸茫然。

我提示道："至少，你可以适当调整自己的心情，对不对？是什么人躲在幕后，那些躲在幕后的人又为什么要这么做，你都不知道，而且你可能也没办法知道，是吧？不过，你看看，你的父亲现在非常担心你，他怕你太脆弱，担心你被这件事情伤害，特意来找心理咨询师，你想想，你有什么办法可以帮助你自己呢？只要你自己不烦恼，你爸爸也就放心了。"

"郭老师，我明白你的意思了。其实我现在已经好多了，昨天晚上我给爸爸妈妈打了很久的电话，后来又吃了点安眠药，现在确实好多了。等下我的同学会来找我，就是那个家里很富有的同学，他也知道了这件事，他说他会尽量想办法把事情澄清。"

"好，不管你的同学有没有办法澄清，你自己要记住，不要被外来的事情困扰。如果心情还是不好，你先要宣泄自己的不良情绪。比如，把困扰你的事写在纸上或者画在纸上，然后把纸撕掉或者烧掉，都是值得一试的办法。"

"好的，郭老师，我知道了。爸，你放心吧，我不会有事的，我的同学等下就会来接我，我要去上学。"

"那好，芸芸，你自己要保重啊！"龙思远的声音都有些发颤。

我趁关闭设备的时候把上次的心理咨询师手记递给龙思远签字。

他看了一阵，边签字边叹息着说："他们这招借刀杀人真是歹毒。我猜，那些人可能觉得直接对我动手有风险，怕事情败露，所以想借舆论之刀来杀我。该来的都来吧，我谁也不怕。"

送走龙思远，我在网上看了看，果然，到处都是所谓"处长女儿炫富"的帖子。一些不明真相的网友拼命灌水。有的说什么这样的女孩儿是他们见过的最俗气的女孩儿；有的说这个处长肯定是巨贪；还有一些明显是恶意、下流的发言，怪不得芸芸会受不了。

我忍不住摇头，网络这东西，它的力量有时候太盲目、太可怕了。

Chapter 16

女儿，如何宠爱都不过分

心理学界有个说法，叫作三岁看婚姻。

无论男孩儿还是女孩儿，三岁前要得到足够的关怀；而对女儿，更要尽可能宠爱。

在爱心关怀中成长的孩子，更容易幸福。

One

这些天和舒馨冷战，女儿也因此被我冷落，我决定下班后把可心带出去晚餐，就我们两个人，安静地吃餐饭，以示弥补。

女儿班上那个给学生取外号、动手打学生的谢老师，已经因为我们十几位家长写联名信被学校开除了。我还把我在报上发表的关于校园暴力的文章附在公开信后面，此举引起了学校的高度关注，学校在开除谢老师之后，还给全校的家长写了一封信，表示歉意。

不过，这件事情的始末我并没有仔细讲给女儿听，只是说谢老师不适合教书，学校对他另外有安排。成人世界里的真相，尤其是残酷的一面，并不一定要全部展示给孩子。他们可能还无法理解，或者不能接受。

"爸爸，为什么你只带我出来吃饭？为什么不把妈妈和英子姐姐一起带出来？"可心疑惑地问。小姑娘是敏感的，以前我们出来吃饭一般都是一家人一起来。

我想了想，微笑着说："因为爸爸想单独跟你谈一谈，爸爸想了解你在学校里的情况。来，我们先点菜，点完菜再好好聊一聊。"

可心马上乐呵呵地拿过菜单，研究起来。

她点了花螺、花菜、烤羊排、榴莲酥，我想了想，再给女儿加了份小米炖辽参。

服务员说："先生您好，小米炖辽参这道菜有两个价位，请问您要哪个价位的？"

我瞥了一眼菜单，说要最好的那种。

我一直非常宠爱我的女儿。

女儿是剖腹产出来的。她从产房里被护士放在产床上推出来的时候，是我第一个抱她。

以前听说刚生出来的婴儿会很难看，比如头部被挤压得很长，脸上可能皱巴巴的。但是我的女儿不一样，她一出现在这个世界上，就是非常美好的。几个围观的人是这么赞美的："这个宝宝长得好，一生出来就像已经满月的婴儿，你看皮肤多好！头发真黑！""看她的眼睛，好像会认人。好漂亮！"

在抱起女儿的那一刻，望着她粉嘟嘟的小脸儿，我就在心里发誓，我要尽最大的努力，让女儿成为一个幸福的人。

为人父母者，一定要懂得如何爱自己的孩子。人只有在生命早期得到足够的爱与关怀，才会拥有富足的心灵，成年之后，在事业上、情感上，都容易幸福。反过来，如果一个人的童年有太多欠缺，这个人一生都会苦苦挣扎着想要找回自己童年缺失的东西，很难有快乐可言——除非他终于对自己有所觉察，并设法弥补。心理学界有个说法，叫作三岁看婚姻。

正因为如此，即使我和舒馨到了这个地步，我也并没有轻易决定跟舒馨离婚。如果有了孩子，婚姻就不再只是两个人的事。一个破碎的婚姻，对孩子的伤害是不容忽视的。当然，也不是说不离婚就一定对孩子更有利，这是要看情况的。

爱孩子，不只是让孩子吃饱穿暖，更要关注孩子的精神需求。尤其如果这个孩子是个懂事的小女孩儿，那么，只要不违反原则，怎么宠爱都不过分。

应该说，可心一直是在一种爱意浓浓的环境里成长的，才得以长成一个健康聪明的孩子。

可是，如果我和舒馨真的离婚，这对孩子会有多大的影响呢？这是一个无法量化的问题。

我隐隐对女儿有了歉疚之情。

这是怎么回事？难道我真的在想离婚吗？

Two

"爸爸，你要跟我聊什么？"可心嫩嫩的声音把我游移的思绪唤了回来。

"哦，可心，最近你在学校有什么开心的事情可以跟爸爸分享呢？"

"没什么特别开心的事，反正老师每天都会表扬我。"

"比如说今天，是什么事让老师表扬你呢？"

"今天我的作文写得好，老师要我把我的文章当范文在班上读。"

"哇！太厉害了！看来我女儿长大了可以当作家。对了，爸爸认识一位女作家，下次我把你的作文拿给她看，让她指导你写作，你就可以写得更好，好吗？"

"作家？她出了很多书吗？"

"是的。不过，她的书是写给成年人看的，小朋友可能看不懂。"

"那她为什么不写一本给小朋友看的书？"

"好，我把可心的意见转告给她，看她能不能写一本给小朋友看的书。不过，每个作家擅长的东西、喜欢的东西不一样，我们已经有不少作家是专门写书给小朋友看的，对不对？"

"对，比如说郑渊洁，他写的童话我们小朋友都爱看。"

"其实现在已经有小朋友写童话给小朋友看了。可心，爸爸觉得，既然你的作文写得非常好，你也可以写文章给小朋友看，好吗？"

"好。"

菜陆续上来了，女儿吃得很欢。

看着女儿高高兴兴地吃东西，我又欣慰，又有些惆怅。

带着女儿回到家，是晚上七点，我叮嘱女儿自己去书房做作业。

舒馨本来在书房里，这个时候走了出来。

我打开电视，假装没注意她的出现。

英子正在拖地板。

舒馨说："英子，你等下熬点骨头汤，明天早晨我们吃面条。"她的声音显得很平静。

我用余光扫了舒馨一眼，她的表情也是平静的。

我知道这是她在等待我开口的信号，但我打算过两天再找她谈。

因为，我觉得我还是没想清楚自己到底该怎么办，究竟该跟舒馨谈些什么。

　　舒馨似乎想跟我说什么，但我冷漠的表情终于还是逼走了她。

　　我完全没有料到，很快，就会发生一些事情，让我对自己这些天的冷漠感到后悔。

Chapter 17

雪晴：我要给你讲一个故事

一直倾听别人的故事，而这一次，这个悲苦故事的女主角，居然决定了我的命运。

我的婚姻，被一个故事，彻底颠覆了。

One

"嘉懿，我要给你讲一个故事，这个故事非常重要，能把今天晚上的时间段留给我吗？"

上午收到雪晴发来的这条短信的时候，我正在咨询室里一个人发呆。

确切地说，不是发呆，是在思考我该如何处理跟舒馨的关系。她一直是我最爱的人，是我最可亲的妻子。可是，在我亲眼目睹她乳房上来历不明的瘢痕之后，我和她之间的联结，该如何做出调整和改变？

我想不出什么头绪，心头无比灰暗，而雪晴的短信轻易就让我振奋起来。

一个让我喜出望外的邀请，多么好。何况，还有一个重要的故事。会是什么有悬念的故事？我承认我相当好奇。

我马上回复道："好的，六点钟金牛角中西餐厅见，一起晚餐。"

所有的阴霾瞬间一扫而光。

我开始着手做课件，准备一个心理学讲座，是长沙一所大学对我发出的邀请，演讲主题是关于如何获得幸福感。

这样的讲座可以给我带来物质和精神的双重收入，我不能有丝毫懈怠。

雪晴比我先到，她微笑的面容让我心情舒畅。随后，我注意到她手里拿着一支笔，她面前的一张白纸上已经随意涂写了一些东西。

我笑着，没有征求她的意见，就把她面前那张纸抓过来看。我承认我是故意这样做的，以此来表示我和她之间的距离已经很近。

我还承认纸上写的东西对我来说不知所云，什么"怀孕"、"鲜肉包子"、"10、40、20～30"，这是什么意思？

我指着那张纸说："大作家，指点一下迷津，这是什么意思？在你面前，我有严重的好奇心。"

雪晴说："猜猜看。"

"嗯，我猜，是你做过的心理咨询案例？"

她摇摇头。

"曾经发生在你自己身上的故事？"

"已经有点靠谱了。"

我放弃猜测，老猜不中，多么没面子，我于是说："还是请你揭开谜底吧！反正这上面写的和你有关，对吗？"

雪晴说："可是，这不是今天的重点。我约你来，是要给你讲一个故事，一个让人忧伤的故事。"

我问："这个故事跟你有关系吗？"

她说："嗯，应该没有。"

我笑着说："我对于和你有关系的事更感兴趣。何况，我到达这里之前，你一直在考虑的都是你在纸上画的这些东西，对吗？所以，你还是先把纸上的东西解释给我听，然后再讲故事吧！不然，我会注意力不集中的。"

她说："好吧！其实这些东西只是我昨天晚上做过的梦。"

我不由得再把纸拿起来细看："你做过的梦？"

我眼睛眨也不眨地盯着那几个词，梦见自己怀孕？梦见想吃鲜肉包子？这些数字有什么特殊意义？我很清楚，解梦，必须由做梦的人自己自由联想，这样的解法才有意义。同一样东西，同一个场景，在不同的人的梦里，它们的意义往往是不一样的。

我把自己的身体舒服地靠在椅子背上，含笑望着雪晴的眼睛说："先说说你的梦吧，我太有兴趣了。"

雪晴微微一笑，"这些梦其实没什么玄机。当然，只有我才解得了我自己的梦。关于怀孕，这里面有双重含义：一重含义就是真正意义上的怀孕，有段时间，我考虑过是不是真的再要一个孩子，而且，最近我身边有两个女人都怀孕了，所以我梦见怀孕一点都不奇怪；第二重含义，怀孕好比怀才，我曾经看到过一句话：'如果你怀才不遇，是因为你怀得不够大，别人看不出来。'我很欣赏这个观点。在这个梦里，我的怀孕已经能看出来，也就是说，我的内在自我也在肯定自己取得的成绩了。"

我由衷地点头，表示赞赏。

她接着说："后面这个梦，我梦见自己在一个早餐销售点，我想买鲜肉包子。当时那个卖包子的男人问我要买多少，我说，至少买十个吧！他说，不行，你要买四十个。我讨价还价地说，那太多了，我买二十到三十个吧！最后，我记得我买了二十多个。这个梦很有意思。我相信是这样，包子的数量表示我的年龄，在潜意识里，我有相当长的一段时间停留在我十来岁左右的时光里，没有成长；而现在，我的实际年龄刚好四十，但事实上，我的心态一直只有二三十岁，最后，我觉得自己的心理年龄是二十几岁。"

我第一次知道雪晴的真实年龄，不过说实话，如果说她看起来也就三十岁，一点都不算太过分。

雪晴笑着说："年龄是一件非常奇怪的事情。在我们目前的社会意识里，我们都重视青春，二十岁到四十岁被称为人生中最美好的年华，而其他的年龄段则被忽略，甚至轻视。"

我笑笑，不置可否。她说的是对的，目前社会上的看法的确如此，而且年龄这个标准对女人更为苛刻，一般说来，到了四十岁，女人就不再有自信可言。当然，雪晴这样的女人可以算作例外，因为她用自己的才华延续了青春。事实上，相当一部分人不能超脱地看懂并珍惜年龄之外的因素。

雪晴突然想起什么似的说："哦，赶紧点菜吧，我肚子饿了，要吃饱了才有干劲给你讲故事呢！"

Two

我们两个人都吃得不多，点的菜剩了不少。这不是我们的风格，我们都不喜欢浪费。只能说，也许我们各怀心事，缺乏食欲。

雪晴叹息一声，开始说："我要说的这个故事，目前还有点理不清头绪，不知道该怎么开头。因为来访者见到我的时候，先是痛哭了一场，然后，她给我讲了一个故事。"

雪晴边喝手里的菊花茶，边来了这么一段开场白。

也就是说，故事中还有故事。

我也接待过类似的来访者，他们先不说自己的事，而是先要讲一个故事——这个故事往往跟他们本人有密切关联。

我说："如果我没猜错，你这位来访者是个女人，对吧？那你就先说说她讲给你听的故事。"

雪晴点点头："是的，是个很漂亮的女人，三十出头，一米六五的样子，身材很好。她说出来的故事很让人伤感。为了方便讲述，我给她取个化名，就叫她雪儿。"

"雪儿的父母是农民，一共生了三个女儿，家里负担重，经济条件很不好。16岁的时候，初中刚毕业的雪儿已是亭亭玉立，非常引人注目。她人很聪明，学习也用功，以优异的成绩考上了县城里的重点中学。可是父母决定不让她去读书，由于家庭贫困，他们让雪儿留在家里帮忙打理家务，照顾两个妹妹，还让她再过一年就去外地打工。雪儿非常苦恼，但自己又想不到别的办法，只好听从父母的安排。

"这时候，同村一名男孩儿回来过暑假，一天到晚围着雪儿转。那个男孩儿成绩很好，是村里第一个考上重点大学的学生。两个年轻人在盲目的激情中不知不觉偷食了禁果，结果，等那位大学生返回学校以后，雪儿发现每月必到的好朋友没来，就怀疑自己是不是怀孕了。那位大学生有意没把联系方式告诉雪儿——雪儿问过他，他却含糊其词，他只是信誓旦旦地说回到学校会给雪儿写信。

"雪儿一直没等到他的回信，害怕得不得了，又不敢把这件事情告诉其他人，于是，她找到那位大学生的父母，假装说自己一个同学想考那所大学，问到了男孩儿的联系方式。她回到家里，赶紧写了一封信，然后跟父母撒谎说要买卫生用品，找他们要了点钱，去镇上的邮局发快件发给那个男孩儿，但是等了半个月，一点回音都没有。

"雪儿慌了，她怕自己的肚子越来越大，只好流着泪吞吞吐吐地把这件事情告诉自己的父母。父亲气得把她狠狠地打了一顿，是用棍子打的，打得她身上青一道紫一道。雪儿说她从小到大几乎没有挨过打，父亲那一顿暴打，让她恨不得投河自尽。"

雪晴讲到这里，停顿了一下，喝了口茶。

这个雪儿没有真的去自杀吧，我想。

雪晴看我一眼，不紧不慢继续说下去。

"姑娘家的名声要紧，父母决定不声张此事，为了避免把事情闹大，他们私下里去找那个男孩儿的家人，没想到那家人人品有问题，不但不承认自己家的男孩儿引诱了雪儿，连雪儿去医院流产的费用都不肯给。雪儿父母无奈，只好不声不响把雪儿送到县里的医院去做了流产手术。

"雪儿休息一个月之后，就主动要求去外地打工。她的父母让她去沿海城市，她表面上服从了他们的安排，但是在深圳打了几个月工，凑够路费之后，雪儿偷偷去找那个男孩儿。到了那所学校，好不容易找到那个男孩儿，他却支支吾吾老想躲着她。雪儿伤心欲绝，她悄悄跟踪那个男孩儿，发现他居然有女朋友，是跟他同班的一个女大学生。两个人一下课就待在一起，吃饭的时候都拿勺子互相给对方喂东西。

"雪儿一下子傻了。等她清醒过来，又气又恨，发誓自己要边打工边学习，一定要圆大学梦。后来，雪儿逼自己忘掉那个男孩儿，开始找工作。她决定就在那个城市定居下来，因为她没钱去别的地方。

"无依无靠的雪儿先从餐馆服务员做起，业余时间参加电脑培训班；然后，她到一家教育公司当文员，边当文员边自学高中课程，不会的就向公司的老师请教，后来，她参加自学考试，如愿以偿地拿到了大学文凭，再后来又考了会计证。一个偶然的机会，雪儿遇到自己心仪的男人，和那个男人很快坠入爱河。她决定对自己的过去守口如瓶，因为她珍惜那个后来成为她老公的男人。然后，她生了个女儿，有了一个幸福的家。

"可是就在这个时候，她和初恋男友再一次相遇了。那个男孩儿毕业之后也留在那座城市里，他没和大学期间的女朋友结婚，而是找了个比他大十多岁的富婆。那个富婆和他生活了三年，就得癌症去世了，那个男人如愿以偿地继承了部分遗产。"

我在心里感叹雪儿的遭遇让人同情，但我同时猜想雪儿可能背着老公和自己的初恋男友有了瓜葛。这世界上，有些女孩儿的脑子是真的很容易进水。

雪晴说到这里停了下来，迟疑地望着我。我不知道她是想休息一下，还是没想好接下来该怎么说，我于是含笑望着她。

她突然问我："郭老师，你猜猜，后面的故事会怎么发生？"

"可能雪儿会重新爱上她的初恋情人吧！"

"该怎么评价你的猜想呢？雪儿后来确实是和她的初恋情人产生纠缠，但，她是被逼的。那个初恋情人用卑鄙的手段让雪儿重新回到他的怀抱。"

"什么卑鄙手段？"

"他把雪儿灌醉，强奸了她，还把整个过程拍成录像，要挟雪儿必须做他的情人，不然就把视频发给雪儿的老公。雪儿为了维护自己在老公心目中的形象，维持自己美满的家庭，只好忍辱偷生。她希望有一天那个可恶的男人厌倦她，她就可以得到解脱。没想到，那个男人居然命令雪儿离婚，他说要娶她。雪儿不肯答应，那个男人就做出了一些更为嚣张的举动。"

雪晴说到这里，再度停下来。

会是什么嚣张的举动？我想所谓嚣张，大约也就是使用暴力吧。雪晴既然没说，我也就不想问。我叹息道："这个雪儿，是有些可怜。不过，她应该想办法保护自己。"

雪晴说："可能这跟雪儿的性情有关系，她太柔弱，太委曲求全。"

我若有所思地点点头。

雪晴望着我，我觉得她的眼光特别复杂。

我真的不懂她为什么要那样看着我，那般的欲言又止。

Three

"嘉懿，你听这个故事，一点感觉都没有吗？"雪晴似乎忍无可忍。

我赶紧一脸无辜地替自己辩护："有啊，我不是把我的感觉告诉你了吗？我觉得雪儿很可怜。"

"唉，你这个人，我觉得作为心理咨询师，你的敏感度好像还不够。"雪晴皱着眉，叹了口气，然后似乎为了安慰我，再加一句，"不过，男人天生就没那么敏感。"

我不解地望着她。事实上，在很多方面，男人确实比女人迟钝。直觉是女人特别值得标榜的能力，就像女人拥有比男人远远发达得多的乳房一样。然而此刻，望着雪晴欲说还休的表情，就在一瞬间，我的头脑里电光火石般地一闪，我终于什么都明白了。

雪晴所说的那个故事里的雪儿，就是舒馨。

我在瞬间变得面无血色。

不！不！不！这实在是太荒唐、太戏剧化了，怎么可能？

舒馨虽然以前也是农村女孩儿，也有三姐妹，也是结婚后生了女儿，可是，符合这些条件的女人不是有很多吗？我的妻子，舒馨，居然会有那么复杂的过去？她竟然能把她的过去瞒得那么严实？

我不相信，一点都不信。

"你有什么证据？"我无力地问雪晴。

"雪儿做咨询的时候，不停地摆弄她的手机，还把手机里的照片翻给我看，我看了她的全家福，她的丈夫就是你。她不知道我们认识。"

雪晴顿了顿，接着说："还有，雪儿还把她的衣服解开给我看了她的胸部。她那个恶魔前男友有意在她的胸部留下印痕，就是想破坏她的婚姻。这下你相信了吧？你应该没跟任何人提起过你妻子胸部有印痕的事吧？"

我瘫倒在椅子上，什么话也说不出来。

过了好一阵子，我按响了桌上的服务按钮，服务员出现了。

我说："你们有什么白酒？好像有一种叫什么糊涂仙酒，拿一瓶一斤装的来。"

"先生，您说的是小糊涂仙吗？"

"对，快拿来。"

服务员一离开，雪晴说话了："嘉懿，你的表现让我后悔，我对自己的决定感到后悔。"

什么意思？我悲伤而困惑地望着她，但什么话都不想说。

"我了解你的心情。到底要不要把这个故事告诉你，我考虑了整整两天。雪儿告诉我，她的先生已经跟她冷战了十来天。所以，我选择跟你讲出整件事的真相，就是想跟你站在一起，帮助你共渡难关，可我没想到你的反应居然是要把自己灌醉。我知道你的酒量并不好，一斤白酒下去，你会变成一个醉鬼，一个白痴。"

雪晴毫不留情的话语让我深深地叹息，而且，我也意识到，之所以想要小糊涂仙这种酒，可能是因为潜意识里，我觉得自己实在是糊涂到了可悲的地步。

我再一次按响服务铃，服务员拿着一大瓶小糊涂仙酒出现了。

我说："对不起，小妹，麻烦你换一种酒，给我来瓶法国红酒吧。"

我随手指了指酒水单上的一款红酒。

一瓶红酒的量，我还是有的。

这一次，雪晴点点头，对服务员说："请拿两个红酒杯。"

这是一个什么样的世道？

我的妻子，我跟她同床共枕十几年，居然不知道她十五六岁的时候流过产，不知道她已经相当长一段时间被另一个男人纠缠；我面前这个女人，我们一度素昧平生，刚和妻子冷战的时候，我还打算把自己和妻子的故事讲给她听，结果，她知道得比我多得多。

这世界太讽刺了。

我倒了满满一杯红酒，一饮而尽。雪晴赶快把自己的杯子也倒满——我知道她是想让我少喝一点。她说："今晚我们只能喝完这一瓶酒，不能再要了啊！"

我说："我是真的想把自己灌醉，醉了就什么都不用想。"

她认真地说："就算今晚让你醉，可你不能一辈子都醉下去。"

我赌气道："如果你是我，你会怎么做？"

"如果我是你，我会给自己机会，也给别人机会。只有努力过，才知道自己究竟想要一个什么样的结果。"

给自己机会，也给别人机会。我明白了，我应该至少给舒馨一个解释的机会。其实最最重要的是，我得给女儿机会，女儿肯定不想要一个破碎的家。

　　我决定，明天跟舒馨好好谈谈，我要跟她约法三章。但如何约法，我还是没完全想清楚，也许，其中的一个内容应该是，请她给我一段时间，短时期内，恐怕我无法接受她的身体，我们必须分居。婚姻可以继续，但，我不会再跟舒馨睡同一张床，至少短期内不会。

　　我是个身体和精神都有洁癖的男人，我承认婚前我也曾经有过醉酒眠花的历史，可是跟舒馨结婚之后，我没有再碰过任何其他女人。

　　可我该怎么跟舒馨开这个口呢？

　　我已经不记得究竟是几点到家的。按说大半瓶红酒不至于让我醉，可是，这段时间，心事太沉重，酒不醉人人自醉。

　　应该是直到凌晨一点多，我磨蹭到饭店打烊，才肯离开，是雪晴把我送到我的住宅小区外。

　　回到家里，我什么也没管，脱下鞋子直接到书房倒下就睡了。蒙眬中，似乎感觉到舒馨给我洗了把脸，但我很快就睡得死死的，什么也不知道了。

Chapter 18

意 外

当心理咨询师遭遇飞来横祸，他的本能反应，也只能希望一切只是一场噩梦。

人生，真的会有无常的时候，你无法拨开命运那只手。

One

一觉醒来，家里居然静悄悄的，这很反常。

平常多少会有些动静，或者是可心在笑闹，或者是英子在厨房里把餐具弄得叮当响，或者是舒馨跟她们当中的一个人说话，今天却什么声音都没有。

怎么回事？

我从沙发床上爬起来，一眼看到书柜前女儿贴了张条子："爸爸，我小声叫了你一声，你没醒，就不吵你了。妈妈送我去上学，英子姐姐买菜，桌上给你留了早餐。爸爸，我和妈妈都爱你。"

看着女儿依然稚嫩的笔画，我的心中不由得暖融融的。多可爱的孩子！我决定，必须要给孩子机会，不能轻易离婚。

昨天夜里，也许是喝了不少红酒起的作用，也许是因为打定主意要跟舒馨交流，因而放下许多心事，所以才会睡得这么沉吧！

我本来打算让舒馨上午请假，我跟她在家里好好谈谈，既然她已经出门，那就算了吧，晚上等可心睡了再谈，也是一样的。

下午三点我有个心理咨询预约，这是昨天在去见雪晴的路上，袁思静打电话通知我的。她说来访者是个闲得无聊的富姐，当时我还批评了袁思静，我说她不能够这样带着贬义色彩评论来访者，即使背地里评论都不行。

我十点多钟才到心理咨询室，袁思静坐在桌前看书。

"郭老师，好久没跟你在一起了。你这段时间看起来好累，我都不忍心打扰你。"上午快下班的时候，袁思静点了两份套餐，然后背着手，站在我面前这样说。

"对，这段时间我的事确实挺多的。"

"那今天晚上呢？今天晚上我请你吃饭好吗？"

今天晚上我准备跟舒馨好好谈谈，当然没空跟袁思静吃饭。我还没来得及拒绝，袁思静飞快地加了一句："我请你和雪晴老师吃饭。"

我有理由怀疑她是注意到了我脸上的表情，知道我准备拒绝她，所以她飞快地把雪晴拉出来，加重邀请的砝码。

我犹豫着说："今天晚上真的不行，我有事。要不看明天吧，明天你再约雪晴。"

袁思静叹口气，说："好吧！"

我跟她开玩笑："小女孩儿，好端端的，叹什么气！"

已经走到门边的袁思静回头看着我说："郭老师，我很不接受你把我当成小女孩儿。请注意我是成年人。"

然后，她做了个可爱的鬼脸——她的行动在证明自己确实只是个小女孩儿。

下午两点四十，袁思静给来访者打电话，想确认对方是否已经出发，结果那个来访者说，她临时做了个眼部美容的小手术，这两天都不能出来见人。她说要下周这个时候再来。

我站在袁思静面前，加上袁思静有意重复对方的话让我听见，所以当袁思静挂电话的时候，所有的信息我已经一清二楚。

怪不得袁思静说这个来访者闲得无聊，看来是真的。

预约临时取消，一时之间无事可做，我于是拿了本书到公园里去看，同时想静一静，好好思考晚上怎么跟舒馨谈。

看了一会儿书，不知道哪里飞来一大群鸟，停在我头顶的树上，叽叽喳喳闹得人心烦。我看看手机，已经是五点，可心这个时候应该被英子接回家了。

我起身伸了个大大的懒腰，慢慢往回走。

我拿钥匙打开门，可心正在接电话，小人儿对着话筒说："那你什么时候才能回来？不嘛，我不要你尽早，我要你现在就回来。啊，妈妈，爸爸回来了！妈妈 Bye bye！"

小人儿挂了电话，小鸟一样向我扑过来。

英子说："嘉懿哥，舒馨姐姐今天不回来吃晚饭，她说尽可能早点回来。"

我淡淡应道："好，知道了。"

十点，可心和英子已经睡着了，舒馨还没有回来。

十一点三十，肥皂剧都演完了，舒馨还没露面。

这个女人，又被那个男人缠住了吗？

　　我心头的怒火越烧越旺，这样的日子，我是过不下去了。

　　我把手机关掉，把家里的电话线拔掉——其实我并不认为舒馨会半夜三更打电话吵醒家里人，我这样做，似乎是为了泄愤，也为了表明自己要跟她划清界限的决心。我看了看客厅那扇门，盛怒之下，我简直想把门都反锁。这个家，不欢迎一个这样的女人。可我想了想，还是决定留条门。做人不能做得太绝。

　　然后，我进到书房里倒头就睡，而且很奇怪，我居然睡着了。

　　早上六点半，我自沙发床上坐起来。

　　整个夜里，我一直迷迷糊糊，做了许多乱七八糟的梦，梦见舒馨跟别的男人跑了，梦见有一个很凶的男人拿着刀闯进我家里来，基本上没怎么睡踏实。

　　好像我一直没听到门响，或者，也许门响过，只是我恰好睡得太沉了？

　　我爬起来，先到可心床前看了看，女儿睡得很香。再往卧室门前一站，我的心凉了，舒馨果真没有回来。她从来不曾夜不归宿，这是结婚之后，她第一次如此放肆。

　　我叹息，算了，看来，我们的婚姻是真的走到尽头了。

Two

　　英子送可心上学去了。

　　我打开手机，刚接通网络，手机就响了起来，是一个不熟悉的号码。

　　"你好，我是警察，请问你是舒馨女士的家属吗？"一个陌生的男声响起。

　　警察？舒馨出什么事了？难道说她和那个男人在宾馆里开房被警察抓起来了？——我不由自主地做出这样的揣测。

　　我冷静地说："对，我是舒馨女士的先生，请问发生了什么事情？"

　　"这个，在电话里可能一下子说不清楚，反正是你爱人受了重伤，到现在还在重症监护室里，你马上到市一医院来，你来了，我再当面跟你说情况。"

　　受重伤？重症监护室？怎么回事？舒馨到底怎么了？

　　我心急火燎地打了个车赶过去。

　　警察核对了一下我的身份证，然后开始说话了："昨天晚上十二点多，我们接到群众报警，说一个男人和一个女人在路边拉拉扯扯，后来那个男的把女的用力一推，一下子把她推倒了，刚好一辆车开过，从那个女人的身上碾过去，那个男的马上逃走了。几个群众和汽车司机一起把这个受伤的女人送到医院里来，通过她的身份证，我查到了你家里的号码，但是，你家里的电话一直没人接。后来我们才又通过中国移动公司查到了你的手机号，但你一直关机。"

　　我这才想起来，我家的座机线现在还没插上。昨天晚上一怒之下，我关了手机，拔掉了固定电话线接头，电话根本不可能响。然后警察指了指他身边的那个男人对我说："这就是那个司机。现在你太太住院的费用都是司机垫付的。"

　　那个司机一脸的苦相，对我说："大哥，这个事，我已经尽力了。我怎么这么倒霉啊！"

　　我的大脑已经是一片空白。推倒舒馨的是一个什么样的男人？应该就是舒馨同村那个做尽了坏事的臭男人吧？

先不管那个男人，舒馨怎么样了？

警察和那个司机陪我一起找到主治医生李世同，李医生也通宵没睡，正要下班，他叹口气对我说："你是她爱人是吧？可能你要做最坏的心理准备。"

说到这里，他顿了顿，看着我。我的心仿佛泡在冰凉的水里，一点一点往下沉。

李医生接着说："你太太很可能会变成植物人。最乐观的，她可能会痴呆，忘记过去所有的事情，因为我们发现她脑部有不少血块。现在她必须待在重症监护室里，你最快也要两个星期才能看到她。"

为什么会这样？这一切太突然了，我根本无法理解眼前究竟发生了什么，我怀疑自己是在一场噩梦里。

更重要的是，可怜的可心，她该如何来面对一个也许不再有知觉，也许完全不记得她的母亲？我的可心，她才十岁啊，她该如何来面对？

我的眼泪无法抑制地流下来，这一刻，我恨不得亲手杀了那个男人！

我过了好一阵才冷静下来，对警察说："我想我可以提供一条线索，那个把我妻子推倒的男人，那个凶手，很可能是我妻子村里第一个考上重点大学的大学生。他既是第一个考上重点大学的毕业生，又留在这个城里工作，这个人，道德败坏，你们去调查吧！"

"你这个说法有根据吗？"那个警察不无怀疑地问。

"当然有根据，别忘了我是这个受伤女人的老公。只是里面一些事可能涉及个人隐私，而且我也没足够的证据，不方便说得太多，你们去调查一下就清楚了，只是要注意保护相关人的隐私。"

"谢谢你提供的线索，我有个建议，最好你尽快给自己找个律师。"

我透过重症监护室的玻璃窗，望着被纱布包裹得严严实实、一动不动的舒馨，一直无法相信这一切是真的。

"也许只是一场噩梦，嘉懿，嘉懿，快点醒来吧！"我在心里这样呼唤自己。

Chapter 19

究竟什么能够安慰我们?

当家庭遭遇惨重的变故, 要不要告诉孩子?

在人生苦难的日子里, 我们都需要获得美好事物的安慰。

One

下午三点, 我把自己一个人关在咨询室里发呆。

可能是我的脸色太难看了, 刚才进门的时候, 袁思静吃惊地问我是不是发生了什么事。我含糊地说: "家里出了点事, 舒馨出车祸了, 我需要安静。"然后一个人走进咨询室, 把门反锁起来。

就在一天前的这个时候, 我还在考虑该如何面对舒馨。如果能够先知先觉, 我一定不会跟舒馨冷战。如果不是因为冷战, 也许, 就不会有这样的噩耗——我有些恨自己。

仅仅一天时间, 问题已经彻底发生改变, 现在, 我需要搞清楚, 我该如何面对女儿, 面对我自己。

几个小时以前, 整个上午我一直待在医院里, 隔着那层玻璃对着舒馨发呆。我一直幻想, 舒馨会慢慢转过头来对我笑一笑, 告诉我,她只是受了一点小小的伤。

后来，我打电话请朋友给我介绍一位律师，让律师到医院来找我。

那个律师三十来岁，姓黄，头发剪得很短，身材适中，五官周正，眉毛特别浓，一看就是很能干的样子。黄律师来到医院，听完情况介绍，他说他会尽可能想办法，配合公安，一起抓住那个凶手，并让凶手对舒馨进行赔偿。

中午我请黄律师吃饭，并和他一起到律师事务所去办了委托代理手续，按照协议，我先付了两万块钱律师代理费和六千块钱的食宿交通费，因为这个案子可能还要出差去舒馨老家。我们约好如果黄律师争取到赔偿，再按百分之五的比例另外向他付费。

接下来，该怎么办？我怎么向女儿交代？

肯定不能把这件事的实情直接告诉女儿，这对一个十岁的小女孩儿来说，伤害太大了，至少先缓一缓再告诉她。对了，就说她妈妈出差去了，要半个月才回来，对英子也这样说。问题是，即使说舒馨在外面出差，她总可以打电话或者接电话吧？不行，得告诉女儿妈妈出国去了，并说妈妈的电话只有在国内才可以打通。到哪个国家去了呢？找一个遥远一点的国家，就说去了芬兰。

半个月以后，舒馨如果能够从重症监护室里出来，即使医生说最坏的情况是她可能变成植物人，至少，可心可以看到她妈妈。

可怜的女儿！

想到这里，我的泪水忍不住又要流下来。我讨厌自己此时的脆弱，不知不觉中变得像个女人。

然后，我自己，该怎么办？

舒馨在医院里，医疗费用非常高，每天的花费可能都要好几百甚至几千，要看治疗的具体情况。医生初步估算，大概需要个五六十万。那个司机，已经拿了两三万块钱，上午在医院他就一直在跟我说，他一分钱都拿不出来了——在我看来，那个司机其实也是无辜的；至于医疗保险，医生说了，不少项目都是自费的。

也就是说，这笔医药费，相当大的部分恐怕得要我来承担。这些年来，我们家的现金存款基本上会全部搭进去。虽然律师说要凶手赔偿，可是，如果抓不到凶手呢？或者凶手不是那个人呢？不管怎么说，这笔钱，至少得要我先垫进去。

钱全部花光，这对我来说可能还算不上最大的灾难，毕竟，我觉得自己仍然年轻，钱没了，可以再赚。可是，我内心的痛苦呢？为什么会是这样一个女人成了我的妻子？

这一刻，我对舒馨有恨意。她真的爱过我吗？既然真心爱我，怎么忍心让我背负这样的耻辱？当然，我知道她也是个可怜的女人，她也是受害者。根据警察的描述，我猜想，也许是那个男人要拉舒馨走，比如去宾馆，而舒馨不肯和他一起去，所以两个人拉拉扯扯，那个男人一怒之下，推了舒馨一把，舒馨倒下，正好一辆车过来，从她身上碾了过去。

想到这里，我打了个激灵，好像那辆车是从我身上压了过去。

门外响起敲门声，我以为是袁思静，不想理会。

"嘉懿，请开门。"居然是雪晴！我振作起来打开门。

雪晴边走进来边说："思静给我打电话，说你遇到大麻烦了，好像是舒馨出事了？"

袁思静正好端一杯水过来，她望着我说："郭老师，我当你的助手一年多了，从来没看到你脸色这么差，情况肯定很严重。"

我点点头，招呼她们坐下来。

本来我打算将与舒馨有关的事瞒着袁思静的，但想想，其实也没什么。

于是我让她们两个人都坐下，我把大概情况讲了一遍，并告诉她们我打算把这件事瞒着可心。

雪晴说："我也觉得暂时不告诉孩子是对的。"她凝视我，补充了一句，"嘉懿，本来我和思静晚上想请你吃饭，但我估计你可能更想回家陪孩子。这些天，你什么时候需要我们，随时电话。事情已经发生了，你好好保重自己才是最重要的。"

确实，雪晴看懂了我。我一点吃饭的心思都没有，还是想回去跟女儿待在一起。我深深看了雪晴一眼，因为她的理解和关怀，我的心里涌起一阵温暖。

这世界上总算还有人可以带给我一点温暖。

可心，可心，爸爸必须将可能对你造成的伤害减到最轻。

Two

我到家的时候，可心正和一个小女孩儿趴在地上玩跳棋。那个小女孩儿年龄看起来和可心差不多大，估计是她的同学。我注意到她脖子上系了一条绿色的领巾——跟红领巾一样，仅仅颜色是绿色的。我决定不主动谈舒馨的事情，最好等可心的同学离开了再说。

我尽可能轻松地笑着说："哦，家里来了个小客人啊！欢迎欢迎！"

可心一下子跳起来说："爸爸，你回来啦！你今天回来得比妈妈还早，要表扬。"

　　我淡淡说："哦，妈妈给我打电话了，她今天不回来吃饭。"

　　可心失望地说："妈妈真是的，怎么又不回来吃饭！"

　　我说："妈妈这段时间有事，等下爸爸再跟你说。来，我看看，你们下棋下得怎么样？这个小姑娘，你叫什么名字呀？"

　　"我叫李雯雯。"

　　"哦，李雯雯小朋友，为什么你要戴一条绿色的领巾呢？"

　　两个孩子互相看了一眼，可心说："爸爸，李雯雯今天被老师批评了，因为她上课讲小话，所以老师惩罚她戴绿领巾。戴着这条讨厌的绿领巾，李雯雯不敢回家，所以我就邀请她到我们家里来了。"

　　"雯雯家里的人知道雯雯来了我们家吗？"我马上问可心。

　　"现在还不知道。"可心摇摇头。

　　"那得赶紧给李雯雯家打个电话呀！要不她家里的人会很着急的。"

　　"可是，打电话怎么说啊？我怕妈妈骂我。"李雯雯怯怯地说。

　　我觉得有必要处理一下这件小事情，处理好了再打电话也不迟。

　　我坐下来，让两个小姑娘也坐在我身边。

　　我问："告诉我，绿领巾是怎么回事？"

　　两个小姑娘你一句我一句地说开了："谁做了错事就要戴绿领巾。""绿领巾到家里也要戴着，不能取下来。""老师说取才能取。"

　　我再问："你们觉得做了错事戴绿领巾，这样做好不好呢？"

　　两个小姑娘异口同声地回答："不好！"

　　"为什么不好？"

　　李雯雯说："因为戴上绿领巾好自卑。"

　　可心哈哈笑着说："说不定有的孩子承受能力不强，就会自杀。"

　　我认真地说："有自杀的想法，这是不对的。你看，我们这个世界上，是不是美好的东西更多？一定要非常珍惜自己的生命，因为生命不只是自己一个人的，想想看，如果一个小朋友去自杀，他的爸爸妈妈会有多伤心？所以我们必须好好珍惜和爱护自己的生命。"

可心不笑了，认真点点头。在跟孩子相处的过程中，稍微发现一点点不对的苗头，我就会尽可能加以扭转或者纠正。孩子的可塑性是很强的，引导得法，孩子会一直健康快乐地成长；但是如果不留意，也容易让不良的种子在孩子的心田生根。

我继续说："你们这两个孩子都非常聪明，我也觉得，让犯了错误的同学戴绿领巾的做法是不对的。当然，如果哪个同学明知故犯，也不对，我们犯了错误，就要及时改正，对不对？老师也应该给你们改正的机会，对不对？"

两个孩子点点头。

我说："雯雯，你给家里打电话，承认自己的错误，然后，我也帮你说几句话，妈妈不会批评你的。"

雯雯拨通电话之后，对着话筒说："妈妈，我今天不敢回家。"

"因为我上课讲小话，被老师戴绿领巾了。"

"戴绿领巾是学校的新规定，犯了错误就会戴，下次我上课不讲小话了。"

"好，等下我就回家。"

我跟李雯雯的妈妈也交流了几句，她对于学校让孩子戴绿领巾的做法，很有意见，甚至说："我看那些不懂教育的校长和老师，才该戴绿领巾！"

李雯雯的妈妈过来把孩子接走了，我留她吃饭，她说晚餐已经约在先，要把孩子带去和朋友一家人吃饭。

在餐桌上，我轻描淡写地说："可心，妈妈出国去了，可能要半个多月才能回来。"

可心睁大眼睛，惊讶地说："妈妈出国事先怎么不告诉我？"

我说："妈妈去办急事，走得太急，来不及告诉你。"——这样的谎言，确实只能骗骗无知儿童。出国手续那么复杂，根本不可能说走就走。

英子插嘴问："舒馨姐是去哪个国家了？"

我说："去了芬兰，一个欧洲国家，离我们很远。"

可心说："我要给妈妈打电话。"

我说："打不了，你妈妈的手机只在国内有用，她肯定关机了。"

可心哭了起来，她哭着说："那怎么办呢？这个坏妈妈，她怎么不告诉我就走了？"

她一哭，连饭也不肯吃了。因为从小到大，她的妈妈基本上没离开过她。

我只好安慰她："妈妈过半个月就回来了，可心现在长大了，要更懂事，好不好？如果妈妈知道你这么不开心，她在外面，也会很不开心的。来，我们先吃饭。"

可心一直是个懂事的孩子，听了我的话，她脸上虽然还挂着泪花抽泣着，却一小口一小口地开始吃饭了。

睡觉前，可心吵着要听故事。以前一直是舒馨给她讲故事，这个夜晚，讲故事的人换成了我。

我问可心有没有听过《绿野仙踪》，她说听过了，但还想再听一遍。

我于是慢慢讲了起来。这是一个孤儿的故事，一个小姑娘从小失去了父母，跟叔叔婶婶住在一起，她被一阵龙卷风卷到一个完全陌生的地方，于是，小姑娘和铁皮人、稻草人、胆小的狮子一起，战胜了恶女巫，在好女巫的帮助下，最终回到了叔叔婶婶身边。

我讲这个故事是有用意的，是希望可心能明白，世界上有不少人失去了爸爸妈妈，但他们依然能够很好地生活下去。

但愿我和这些美好的故事，一直能够给可心带来安慰。

Chapter 20

富姐问：怎样的人生才是幸福的?

幸福很大程度上是一种主观感受。

财富很好，但并不一定就会带来幸福。

其实最大的不幸，是看不到自己的幸福。

One

"郭老师，我上次说的那个闲得无聊的富姐刚才来了电话，她想今天来找你咨询，可以就你的时间。你，要不要接受这个咨询呢？"

把可心送到学校，在去看舒馨的路上，我接到袁思静的电话。袁思静如此心存顾虑，应该是担心我的状态不好。

我突然觉得这个善解人意的女孩儿是那么贴心。我确实状态不好，可是，如果连工作都抛在一边，那么，我恐怕会更加脆弱得不堪一击。于是，我毫不犹豫地回答："要。我先到医院去打个转，十点钟可以赶到咨询室。"

"好的，我跟她约这个时间。郭老师，你一定要保重自己啊！"

"好的，谢谢小袁。"

袁思静一见到我，就朝咨询室努努嘴说："来访者先到了。"

我一眼看到一个衣着光鲜却满脸憔悴的妇人。

"郭老师，其实我知道我没太大的心理问题，只是，我每天都生活得太无聊了。真的非常困惑，人怎么才能觉得幸福呢？怎样的人生才是幸福的呢？"

这个名叫李晴的女子坐在咨询室里，一只手托着腮，眼神游离，茫茫然地提了这么个问题。我仔细打量她，她穿着一套灰色发光的皮质套裙，化了淡妆，年龄可能不到四十岁，她的头发染过了，可是新长出来的发根竟然夹杂着不少白发，非常刺目。

"你自己觉得什么样的人生才幸福呢？"我淡淡反问。

"怎么说呢？以前我总认为，自己想买什么东西可以不要太顾虑钱包，身体健康，家人和睦，那就很幸福了。可是现在，我觉得自己什么都有了，反倒还是找不到幸福的感觉。"

她的眼神移到右手无名指上，那里有一枚非常漂亮的钻石戒指，她接着说："这枚戒指，是前几天我过三十八岁生日的时候，我老公送给我的。你猜得出它的价值吗？"

我摇摇头说："真抱歉，我对钻石没有研究。"

她略带得意地说："这枚戒指，要一百来万。也就是说，我随手就戴着一套豪宅满大街跑。昨天请朋友在一家饭店吃饭，因为人少，我们没进包厢，结果我刚坐下，居然有女孩儿来问我，这个钻石戒指是在哪里买的。我说我也不知道哪里买的，是我老公从香港带过来的。其实跟您提到这个事，我并不是想炫耀什么，我只是想说明，物质条件，我现在已经是非常好了。其他的，身体健康、家人幸福，我也都具备了，可是，我怎么就一天到晚觉得没什么劲呢？"

我问她："你现在拥有的物质条件，都是你自己创造的吗？"

她迟疑了一下说："不是，主要是我老公创造的。我以前还帮我老公管管财务，现在连财务都懒得帮他管了。"

"什么时候开始不管的？"

"三年前吧！现在不是流行一个说法，35岁退休吗？那时候我觉得有些累，干脆就叫我老公自己请一个人当会计，然后我每天在家里休息，当然，偶尔也照顾一下孩子。不过，我基本上不用做什么事，家里请了两个保姆，一个管家务，一个专门管孩子。"

不用说，她的无聊感是闲出来的。

我说："前几天我看到过一个故事，跟你的情况很相似，想跟你分享。说是有个人死了，然后他的灵魂跟着一个人来到一个地方。那个地方不但环境优美，而且一切都应有尽有，他想吃什么、想玩什么，一点都不费力气，就这样过了好些天。刚开始的时候，他觉得很有意思，感到自己实在是太幸运了。可是，仅仅过了一个多月，他就总觉得自己缺了点什么，他于是跟把他带来的人说：'你找点什么事给我干吧！'那个人说：'这我就没办法了，这里没什么可干的事。'于是这个人勉强又玩了半个月，后来他实在受不了了，就跟带他来的人说：'天哪！这种日子我实在过不下去了，你还是把我送到地狱里去吧！'带他来的人反问：'你以为你是在哪里？'"

我讲故事的时候，李晴听得很认真。我的最后一句话刚落音，她若有所思地笑了起来。

其实就算同一个故事，每个人能够领悟的东西和被触动的程度深浅也是不同的。

Two

她问："郭老师，你的意思是说，我之所以觉得不幸福，觉得无聊，就是因为我一天到晚什么也不干，对吧？"

我点点头："有这个意思。幸福感，它是一种精神需求，不是说你吃得好穿得好，什么事情也不想，人就幸福了。人是需要一点成就感的，你可能要为自己设立一些你自己想要达到的目标，一点一点去完成，情况也许就不一样了。"

她说："可我没觉得有什么事情需要我去做。"

我问："被需要，也是人的一种精神需求。想想看，真的没什么事让你有兴趣吗？跟你自己有关的，跟你的老公、孩子有关的，都可以。"

她叹息一声："我的老公，唉，算了吧，我现在都不想提他。他一有钱，关心他的人多了去了，多得是的小女孩儿讨好他。关于这件事，我倒是看开了，只要他心里还有家，还有我和孩子，他要胡闹，随他去吧！反正我也管不了，只能假装不知道。至于孩子，倒是挺好的，是个小男孩儿，很健康，很聪明。也正因为我们的孩子培养得非常好，所以我知道我老公不会轻易抛下我们不管，我老公很宠爱我们的孩子。"

"还有其他事情吗？可以让你很放松、很开心的。"

"嗯，有时候跟孩子在一起玩，也还开心。对了，我以前曾经想要开一个很好的幼儿园。"

"现在呢？还有这个想法吗？"

"现在已经有了条件，有充足的资金，是可以考虑试一试。"

"这个想法是不错。"

"是的，郭老师，你提醒了我，我真去试一试。"

望着李晴的背影，我暗想，人与人是真的太不一样了。幸福有许多种，苦恼也有许多种，真不知道我的苦恼什么时候才是尽头。

我的脑海里闪过一张白发苍苍的老妇人愁苦的脸，她对我说："请你给我的老二写一封信，让他快点回来。"

我甩甩头，马上又想起一些虽然慢慢修复但不可言说的心灵旧创，还有意外惨遭横祸的妻子。

世界上还有比我更悲惨的人吗？

当然，事情既然发生了，没办法，只能自己去面对吧！

我打起精神，收回自己的思绪，拿出关于龙思远的咨询手记，翻阅了一遍。

明天要见龙思远。他上次咨询的时候，说起有关人士已经开始对他的女儿下手，利用网络发布他女儿炫富的假新闻攻击他，我不知道这次他又会给我带来什么样的爆炸消息。

Chapter 21

龙思远：我现在成了一个多余的人

因祸得福是命运的辩证法。

当一场灾难没有击倒我们，这场灾难会转化为良性资源，支持我们的命运。

龙思远步履轻快地走进心理咨询室的时候，我觉得非常意外，因为这一次，他的精神状态比前几次都好，脸上的表情显得很平和。

他依然是一身休闲打扮，浅灰色的棉质裤，白色的夹克衫，整个人看起来整洁又潇洒。

"我现在成了一个多余的人，已经被停职调查。"他把椅子拖开一点，一屁股坐下，满脸笑意说出这番话。

我惊讶地说："给我的感觉，你好像对这样的处境表示满意？"

他收敛了笑容："我怎么跟你说呢？目前这种状况确实是对我有利的。因为我知道自己做过的事，调查的结果，我肯定不会有什么问题。可以这么说，除了我跟你提到过的那一百五十万，我的一切都是清白的。而那一百五十万，又没有把柄落在任何人手里。说实话，如果不是因为当时我得到消息说有人会用非正常手段除掉我，我不会找心理咨询师，也不可能会把那件事向你说出来。"

我若有所思地点点头。

他继续说："那些想把我拉下马的人打错了算盘。他们一定认为，不管是谁，只要是在我那个位置上，就一定会有贪污受贿行为。所以他们认为只要网络一曝光，请纪检部门去查我，肯定能借刀杀人，把我抓到监狱里去。哈，他们确实是打错算盘了。当然，这年头，很难说，有人会栽赃我也是有可能的。但那总要证据吧？现在一切都越来越透明，我倒还真不担心，他们无中生有能够做到什么程度。反正，我现在反倒放心了。只要他们用正常的手段，我就不怕。身正不怕影子歪，真是这样的。"

他开始从口袋里拿出烟来。点燃之后，他说："你一定觉得很奇怪，既然我知道我的上司做了错事，又想毁掉我，为什么我不去告他，对吧？这是因为我证据不足。我太太是律师，她说我手里的证据仅仅够做出一些合理的推测，但不是直接证据。再加上，跟你说实话，我们现在面临的问题，不是哪一个人的问题，而是制度与环境的问题。如果我们整个机构不加快改革步伐，贪污的行为根本不可能根除。"

这一次的烟，他只抽了半截就摁熄了，脸上的表情是前所未有的轻松，他接着对我说："芸芸也没事了，她的富豪同学出面帮她把所有主要网站的消息通通删除了。"

我回应道："哦，看来那个德国富豪很有能力。"

龙思远用右手大拇指和食指互相捏了捏，做了个数钱的动作，然后说："我们中国不是有句老话吗？有钱能使鬼推磨。何况，芸芸本来就是被冤枉的。"

我无语。真相是，只要我们人类选择的是市场经济的模式，那么，作为市场经济价值衡量尺度的金钱，就会拥有无穷的魅力和魔力。

起身送走龙思远，我的目光被袁思静桌上一大把白色百合花吸引了过去。

我开玩笑说："呵，小袁，被帅哥穷追猛打了吧？鲜花攻势是战无不胜的噢。"

袁思静哈哈大笑："郭老师，你完全想错啦！这是雪晴让花店送给你的，你自己来看看卡片。你刚才在咨询，我来不及交给你。"

我意外得不行，看看那张小纸片，上面写着："百事合心。雪晴。"

这辈子，我是第一次收到女人送给我的花，一股暖流润过我的心田。

我抱起那束花，深深地嗅了嗅花香，决定晚上单独请雪晴吃饭。

Chapter 22

美女作家的"绯闻"

美女作家被人跟踪？

有多少"绯闻"是真实的？

One

我在中西餐厅的小卡座里等雪晴。今天定餐时间太晚，已经没小包厢了。过了几分钟，雪晴行色匆匆地走了进来，脸上的表情似乎是又惊又疑。

"雪晴，是不是发生什么事了？"我惊讶地问她。

她深深地呼吸一下，然后强自镇定说："应该没事。不过，非常奇怪，我觉得好像有人跟踪我，以前从来没有产生过这种感觉。"

"有人跟踪你？什么人会跟踪你呢？"我觉得非常意外。

"是啊，所以我才会觉得奇怪。我不应该是那种会被人跟踪的人啊，我没做过坏事，也不是什么明星大腕，不应该有人跟踪我啊！"

"会不会是错觉？"

"不可能，绝对是有人跟踪我。刚开始，我老觉得后面好像有什么人盯着我，于是我有意识地猛然回头看，后来我故意拐进一家服装店，在里面仔细观察了好一阵，过了好几分钟才出来——这就是我迟到的原因，你知道我不喜欢迟到——等我出来，看到一个戴鸭舌帽的年轻男人，假装不经意地一直望着服装店。那个人的头发染成了暗红色，他戴帽子很可能是想把头发遮住，但没完全遮盖住。我本来想给你打电话，告诉你我不来了，但是仔细一想，我们又不是做坏事，没什么好怕的，于是我什么也不管，一口气走了过来。那个人好像一直跟着我。"

雪晴说完，扭转头，后怕似的往她走过来的方向看了看，但是那里什么人也没有。

我安慰她道："没事的，雪晴，为人不做亏心事，不怕半夜鬼敲门。"

说实话，即使我和雪晴孤男寡女单独相见，即使她送花安慰我，我半点都不觉得亏心。我们之间的交往是真诚的，是单纯的，更是能够滋养彼此心灵的，不会给任何人带来伤害。至于说我和她将来是否会有什么越界的举动，这个我无法绝对保证，我会听从自己内心的声音，会尊重雪晴的意愿。但，不管怎样，这是我和她两个人之间的私事。

雪晴莞尔一笑，总算平静下来。

我说："雪晴，谢谢你的花，你给我带来深深的感动。真感谢这个世界上有你，在我最虚弱的时候，带给我力量。"

她笑一笑，说："你喜欢就好。我知道人在遇到麻烦的时候，特别需要别人的安慰，我很荣幸有资格成为可以安慰你的人。"

我笑道："不愧是作家，真会说话。"

我们只顾聊天，忘了按服务铃点餐。过了可能半个多小时，才有一个年轻的男服务员进来，问我们准备点些什么。

我示意让雪晴来点，雪晴说："我们今天试试西餐吧！这里的羊排不错。"

我点点头。

雪晴点了两份套餐，又加了个水果沙拉，那个服务员嘴里答应着，却磨磨蹭蹭写了半天，这才出去。我怀疑这个人是新来的，因为给人感觉他对业务实在太不熟悉了，写个单都找半天，好像不知道怎么填。

望着他的背影，雪晴突然紧张起来，她说："这个人，好像就是刚才跟踪我的那个人！他的头发颜色跟那个人一模一样，连身材也很像。而且，我觉得他刚才给我们点菜时有点手忙脚乱的样子，很不自然。"

听雪晴这么一说，我也警惕起来，于是我按响了服务铃，马上过来一个女服务员，我问："刚才给我们点菜的是你们这里的服务员吗？"

她说："先生，对不起，我没注意是谁帮你们点的单。"

我说："麻烦你把你们的领班请过来。"

领班过来了，是个穿蓝色套装的美女，眉间有颗美人痣，让人印象深刻，不知道那是天生的，还是她自己有意画上去的。

我问："美女，刚才给我们点菜的是什么人？"

她说："哦，他是新来的。怎么，他的服务您不满意吗？"

我说："麻烦你让他再来一下，我觉得他长得很像我的一个朋友。"

我有意撒了个谎，目的只是让那个人再到我们面前来。

她说："好的，您稍等。"过了一阵，领班回来了，她说，"先生，真抱歉，那个人不见了。我还是跟您说实话吧，半个多小时之前，他找到我，说他是记者，而且出示了他的记者证。他还说跟我们老板是朋友，想在这里做一个体验，义务为我们当一个晚上服务员。我跟老板打电话确认了这个事，然后，老板同意了，我就让他换上了服务员的工作服。你们是他的第一个服务对象，但很奇怪，我刚才再去找他，他就不见了。"

我和雪晴面面相觑。

Two

这件事，确实有些奇怪。

我对领班说："好，我知道了，谢谢你。"

这餐饭，雪晴起初很不安，她喃喃说："怎么会遇到这样的怪事？"

我安慰她："没关系的，不会有什么大不了的事。有我在，不管发生什么事，请你告诉我。"

雪晴笑着点点头，渐渐平静下来。

送她回家的时候，我们的手，很自然地再次牵在一起。

第二天，我们就明白雪晴为什么会被人跟踪了。

这世界上有些事，有时候真的很荒谬。

上午，我刚进办公室，袁思静就走过来跟我说："郭老师，你知不知道自己成了绯闻男主角？"

我感到莫名其妙，问她："什么意思？"

她说："你先上网看看吧！我等下发几个网址给你。"

点开袁思静发来的网址，我立刻头大如斗。

非常醒目的标题："美女作家和神秘男士亲密约会，该男士疑为新书原型"，上面配了两张图，一张赫然是雪晴的正面和我的背影，一起坐在中西餐厅里；另一张是我和雪晴手挽手在路灯下散步。正文大肆渲染美女作家雪晴昨天夜里和神秘男士亲密约会，如何在中西餐厅里密谈两个小时，如何手拉手在路上散步。他们还不无恶意地推测，说雪晴写出来的系列爱情心理小说，其实许多都是作家本人的经历，称得上是行为写作。

我简直有些生气。这些记者，有点常识没有？小说就是小说，一般都是虚构的作品，怎么能拿小说来说事呢？

我实在搞不懂这是怎么回事，难道雪晴得罪了什么人？我自己倒是问题不大，因为我在两张图片上的形象都比较模糊，看得出来做了处理。除了袁思静这样的知情人，别人不可能看得出是我。可是雪晴就比较麻烦，闹出这样的所谓"绯闻"，不知道她的家人，尤其是她的老公会怎么想？

袁思静急匆匆地走进来，手里拿着一张报纸，嘴里嚷嚷着："郭老师，看来你和雪晴老师不红都不行了。"我接过报纸来一看，这是本地一份报纸的副刊，上面也有同样的报道，所占的版面已经非常醒目，加上配有图片，那就更吸引眼球了。

究竟是怎么回事？雪晴知道这种情况了吗？我马上打雪晴的手机，却是占线，一定是她的朋友正在把这个消息告诉她吧？

我颓然地倒在椅子上，半天回不过神。

这真是一个莫名其妙的时代！

过了一阵，雪晴把电话打了回来，她说："嘉懿，不好意思，我连累你了！"

我非常吃惊地说："这本来是我想要对你说的话啊！"

她说："不是的，你不了解内情，我刚才接到图书公司的电话，他们说这是他们整体策划的一部分。因为我的新书《她的王》很快就要推出，而且一家影视公司准备把这本书拍成电视剧，所以，他们委托媒体对我进行炒作，只是他们也没想到媒体会用这种方式。我都快晕死了。之前，图书公司跟我打过招呼，说要想办法找点由头来炒作我，我没想到居然是这样的由头。这种套路，唉，不够有新意吧？这真是让人脑袋发晕。我又不是影视明星，心理承受能力也有限，真是晕死我了。"

我这才回过神来，于是安慰她："呵，说不定这种策略会很有效吧！只要你身边的朋友，尤其是你的家人、你的丈夫对此不介意，那倒没什么关系。"

她说："其他人都没关系，只要你不介意就好。幸亏他们媒体还算聪明，涉及你的地方，都做了模糊处理，一般人不可能看得出来是你。"

雪晴的回答没有解决我的疑问，她提都没提起她的先生，我得弄个清楚，于是我追问："你的先生，他也了解内情，是吗？"

雪晴在电话里沉默了一阵，才说："这件事，我本来还不打算告诉你，既然你一再问起，那我就实说了吧。其实我五年前就离婚了，只是以前我一直刻意瞒着这件事。"

我感到非常吃惊，雪晴五年前就离婚了？说实话，我一点都没感觉出来。一般情况下，一个离了婚的女人因为找不到感情寄托，通常多多少少会有焦虑和惶恐，而雪晴却一直是淡定从容的。

吃惊之后，我发觉我的心里居然涌起一阵欢喜。

喜从何来？难道说是因为我觉得我自己有了一种新的机会？

Three

我放缓了语气说："抱歉，雪晴，我无意中刺探到了你的隐私。"

她笑笑："没什么，在我们这个时代，离婚是一件非常正常的事情。婚姻只是一种可以选择的生活状态，有没有婚姻，其实没我们想象的那么重要。之所以我对自己的婚姻话题特别低调，是因为我不想让别人说：'你看这个心理咨询师，她连自己的婚姻问题都处理不好，还给别人做咨询。'哈哈！"

我也笑了起来："其实自己婚姻问题没处理好，恰好就能够有机会积累更多处理婚姻问题的经验。比如说，一个医生生了病，你不能因此就说这个医生不是好医生，对吧？事实上，许多人都是因为自己有某些方面的困惑或者情结，才会对那个领域的问题有独特的领悟。"

雪晴仍是笑，她说："等这阵风头过了，我再请你吃饭，算是对你进行补偿。"

我说："我已经得到了最大的补偿。"

她问："这话是什么意思？你得到了什么补偿？"

我卖关子道："不告诉你，这是我的个人隐私。"

雪晴哈哈笑着挂了电话。

袁思静走了进来，她撒娇地说："郭老师，你和雪晴老师好过分，吃饭都不叫我。"

我笑笑说："你是小孩子，跟我们有代沟。"

袁思静突然生起气来，她大声说："郭嘉懿，我告诉过你，别再把我当小孩子！"

喊完这句话，她居然流下泪来，然后扭头跑了出去。

我有些发呆，冲着她的背影叫了一声："小袁！"

但是她不理我，径自跑到外面去了。我看看墙上的挂钟，现在是上午十点半，怎么，她连班也不上了？

算了，这么任性的小姑娘，我没有义务要去哄着她，随她去吧！我象征性地打她的手机，但是她不接。算了，真不管她了。

我很清楚她可能对我有太多的期望，因为我没能满足她的期望，她这样的反应也算正常。唉，原谅我没有精力来怜香惜玉——何况，在这样的情况下，我越去关心她，事情会越往远离我希望的方向发展。我是真的不希望跟自己的助手有什么感情纠缠，只能让她明白我的意思，自我调节。

　　我踱步到袁思静的桌子前，翻了翻打开的咨询预约登记本，下午三点的来访者是一个孕妇，30岁，姓黄，在咨询事由一栏上，袁思静写着：老公太花心，不知道该怎么办。

Chapter 23

遭遇极致花心老公

花心几乎是男人的本性。

但过于花心，当然就是一种病态了。

过度花心的男人，其实有可怜之处。

One

"为什么好女人总是容易遇到坏男人呢？"与其说小黄是在问我这个问题，不如说她是在问她自己。

这个大约怀了六七个月身孕的年轻女人眼神发直，没什么神采，愣愣地盯着我身后的书架——其实她什么也没看，不过是在发呆。我相信如果小黄能够开心一些，她应该是个非常有吸引力的女人。

"为什么这么说呢？"我温和地问她。

"我看到过太多好女人遇到坏男人的例子，包括我自己，也遭遇了这样的命运。首先说我自己算不算一个好女人吧，我只要讲一件事情你就知道了。两年前当我准备开床上用品商店的时候，由于资金不够，仅仅是跟我的几个朋友说了一声，其中一个朋友，是我最好的女朋友，马上借给我十四万，说随便我什么时候还；另一个朋友在我还不知情的情况下，让他的朋友送了四万块钱过来，他打电话给我的时候，我还在对着那个手里拿着四万块钱给我的人——他是朋友的朋友——拼命说：'我没找你的朋友借钱啊！'"

她叹了口气，然后说："我不想再继续标榜自己如何好，现在来说说我的老公吧！你能够想象吗？到今天为止，已经有五个女人到我面前来哭诉，说我老公欺骗了她的感情，而且这第五个女人，已经怀孕两个多月了！她说她肚子里的孩子确实是我老公的，请求我跟我老公离婚，给她肚子里的孩子一个名分。你看这种事情有多么滑稽？她肚子里的孩子要名分，我肚子里的孩子就不要名分吗？"

我总算明白小黄为什么会如此有气无力了。

如果她说的都是真的，那么她老公的花心程度，已经是一种病态。男人花心比较常见，正常的男人都会让自己有一个度。而过度花心，也许是极度缺乏安全感的表现，也许是一种病态的宣泄。但究竟是什么原因导致这种病态，那要看她老公的具体情况才能确定。

为了确认我确实理解了她的话，我慢慢说："你是说，有五个女人到你面前来哭诉过，说你的老公欺骗了她们的感情，而且现在来的第五个女人，你老公让她怀孕了，是这个意思吗？"

她说："对，是这个意思。而且我还要接着告诉你更荒唐的事。我和我老公结婚以后，买了套房子，那几个来找我哭诉的女人里面，居然有三个曾经和我住在同一个小区，她们住的房子都是我老公帮她们租的。当时我问她们：'既然你住在那个小区，你没见过我和我老公走在一起吗？'她们说：'你老公说的，他从来没有爱过你，会跟你离婚。'所以她们一直在等我老公和我离婚。"

这种事，我曾经在网络上看到过，没想到现实生活中，在我的来访者里面，就有真实的版本。

我说："你的意思是，你老公现在要跟你离婚？"

小黄说："不是的，我的老公绝对不会主动跟我提离婚的。因为他不想失去他手里的一分钱。如果他提离婚，起码房子我会要一半吧？现在的情况是，我受不了他的花心，我在考虑是不是要跟他离婚。如果我提离婚，他一分钱都不会同意给我，除非到法院去起诉离婚，可我又不想那么麻烦，所以，我要做好净身出户的准备。"

"结婚之前，你了解你的老公吗？"

"我以为我了解他，没想到那全部是误解。我老公小我五岁，当年是他拼命追求我。那时候我是一家公司的会计，他是公司里的销售人员。不知道怎么回事，他就是对我特别好。请我吃饭啦，买花送我啦，对我好得不得了，我被他感动了，就开始跟他谈恋爱。不过，那时候，其实我发现过一件不对劲的事情。

"有一天我和他走在街上，遇到他的一个熟人，结果他的电话响了，他就扔下我和他的熟人到一边接电话去了。他那个熟人就问我是谁，我说我是他女朋友，那个熟人就说：'怪了，我昨天还看到他带着女朋友，根本不是你，难道是我看错了吗？'我居然说：'应该是你看错了吧，我们马上就要结婚了。'而且，当时也非常可疑，他接电话就接电话，为什么非要跑到一边去接呢？现在我才知道，他其实一直跟不同的女人保持往来。后来，我再遇到他那个熟人，我就对他说：'那时候我相信你的话就好了。'"

小黄长长地叹口气。

我说："如果你说的都是事实，那么，你老公是个特别花心的男人，这一点已经可以肯定了，你来找我，是希望我能帮你做什么呢？"

Two

　　小黄说:"我来找你,是想请你帮我指条路,我到底该怎么办?"

　　我说:"恐怕你不能够指望别的什么人给你指路,至于到底怎么办,必须是你自己决定。这样吧,我们可以来讨论一下,你觉得你有哪几条路?"

　　小黄的表情变得特别失望。

　　我补充说:"心理咨询师只是帮助你整合你自己的资源,弄清楚你内心最真实的想法,看看你自己最想做的是什么,看看你能不能做到自己想做的。"

　　她勉强说:"好吧!我觉得我现在有这么几条路,一条路是继续忍受,假装什么都不存在;一条路是跟他离婚,落得个清静;还有一条路是不跟他离婚,但是躲开他,比如,躲到我爸爸妈妈身边去,或者自己到外面租套房子,先把孩子生下来再说。"

　　我说:"我觉得你说的事情涉及两个问题,一个是你离不离婚,一个是你要不要这个孩子。"

　　她说:"孩子的问题不用考虑,孩子我肯定是要的,都六七个月了,都有生命了。"

　　我问:"就算你跟他离婚,你还是会要这个孩子?"

　　她说:"是的,不管发生什么情况,我不可能不要这个孩子。"

　　我说:"那好,其实我们只需要讨论一个问题,离不离婚,对吗?"

　　"可以这么说。"

"可是如果你离婚，你一个人能养活这个孩子吗？"

"能的，我是个能够赚钱的人。我开的床上用品商店一直很赚钱。其实现在家里的钱，主要是我赚的。他一天到晚就只会说漂亮话，只会把女孩子迷得团团转。"

"关于这些话题，你跟你老公交流过吗？"

"都交流过，可是我的老公居然说他也是为了这个家，他对我说，他跟那些女孩子好，是为了利用那些女孩子，让她们成为他的客户，帮他赚钱，一旦她们失去利用价值，他就会离开她们。我劝过他，要他别这么做，但是他根本就不听。他是个非常自私的人。打个比方，我看到他父母年纪很大了，种田很辛苦，就劝他多给他父母一些钱，让他父母别下地干活了，他就说：'每个人有每个人的命，他们是种田的辛苦命，没办法。'当时我对他就很有看法，我觉得一个人如果连自己的父母都不关心，这个人的人品肯定有问题。可是，当时我们已经结婚了，再意识到这个问题也晚了，我只好自己经常寄点钱给他父母。后来那五个先后找上门来的女人，才算让我对我的老公彻底死了心。"

"你是说你对他彻底死了心？"

"是的。"

"我能不能够这样理解，那就意味着，你其实已经决定要跟他离婚？"

小黄迟疑了一下："那倒也不一定，死心不表示一定要离婚，当然也不是说一定不离。我只是在想，不知道对我肚子里的孩子来说，究竟我跟他的爸爸离婚好，还是不离婚好。"

我说："你肚子里的孩子毕竟还没出生，我觉得你现在需要考虑的是你自己的想法，你究竟想跟你老公离婚还是不想？"

小黄说："说实话，其实我还是不想离婚，可是，那找上门来的第五个女人非常厉害，先是来软的，求我跟我老公离婚；然后现在她开始赖在我家里不走。我老公呢，也不赶她走，我们三个人在一起住了好几天，后来是我气得不行，只好我自己走。"

我摇头，叹了口气，怪不得说天下之大，无奇不有。

我说："你整理一下你自己的思路，你觉得你受不了你老公的表现，有时候想跟他离婚，有时候又不想离；现在，不只是你老公的表现，还来了个也怀了你老公孩子的女人，逼得你必须要做是否离开你老公的决定，是吧？"

她说："是的，如果我还继续生活在那样的环境里，我居然跟一个也怀着我老公孩子的女人争宠，我简直要疯掉了。"

我说："真是抱歉，像你这种情况，只能是你自己做决定，我给不了你任何建议。你的老公这么花心，肯定是有原因的，我倒是觉得他需要做做心理咨询。你必须想清楚你自己要怎么做，是继续听之任之，寸步不让，和那个女人还有你老公生活在一套房子里，还是至少你可以先搬出来住，求得耳根清静，生完孩子以后再考虑你们的婚姻问题，你必须自己决定。"

小黄说："怎么说呢？郭老师，虽然你没有给我具体建议，但是，你刚才帮我整理了一下思路，起码我知道什么是轻什么是重了。我已经决定不管是什么情况，我不会放弃这个孩子，至于说我和我老公的婚姻，说实话，他实在是太让我寒心了，这样的婚姻，我是真的不想再要，我只是担心不要这个婚姻，会不会影响孩子。"

我说："心理咨询师是不给来访者太多建议的。每个人的生活都不一样，未知的事情，谁也没办法下结论，你只能尽可能照顾到眼前的事情。一般情况下，如果家里有五到十八岁的孩子，最好不考虑离婚，因为这个时间段的孩子对许多事情似懂非懂，更容易受伤，孩子处在其他年龄段，所受到的伤害反倒不会那么严重。"

小黄点点头说："好了，我知道该怎么办了。那对无耻的男女！算了，我还是自己先搬出去，先把孩子生下来再说。"

我送小黄走出咨询室的时候，发现上午负气出走的袁思静已经回来，正坐在她的位置上。

她主动起身接替我，继续把小黄送到电梯间。

袁思静随后来到咨询室，她幽幽地说："对不起，上午我不该发脾气冲出去。"

我笑着半真半假地说："你自己意识到了就好，是要摆正你自己的位置，你又不是我的小情人，怎么可以在我面前这么任性呢？"

袁思静也笑着说："这么说，如果我当了你的小情人，就可以这么任性了？我想当你的小情人还不行吗？"

我笑着说："饶了我吧！我怕累，这辈子不想找情人。要知道，拥有情人的人，如果情人还很任性，那这个人的心脏必须特别强壮才行，我可有心脏病呢！"

袁思静转了转眼珠，而后说："实话告诉你，上午我那么生气，是因为我吃醋了，吃雪晴的醋，你凭什么对她比对我好？"

我假装轻描淡写地说："不是对她比对你好。我请她吃饭不过是在答谢她，因为她送花给我了，人要懂得礼尚往来嘛。"

人总可以有隐私吧？喜欢雪晴是我的隐私。我没有义务在这个小丫头面前暴露自己，只好设法掩饰。

袁思静说："那我下次也送花给你，把整个咨询室通通摆满花朵，到时候你也要单独请我吃饭。"

我说："只要你有那份闲心。"

袁思静哈哈笑着走了出去。

看来这个小姑娘的怒气来得快，消得也快，我松了口气。

Chapter 24

如何面对

总有一些事，我们不愿面对，却又不得不面对。

可是，有人说，人生就像骑单车，想保持平衡就得往前走。

One

医生终于把舒馨从重症监护室送到普通病房。

我坐在病床前，久久凝视昏迷中的舒馨。她一直安静地躺着，仿佛只是睡着了。我一直有某种幻觉，觉得她会突然睁开眼睛，顽皮地对我大笑，告诉我这些天发生的事情全都是假的。

我的岳父岳母二十天以前从乡下来看过舒馨，隔着玻璃看到女儿的样子，他们伤心得哭个不停。我清楚地记得当时的情形，李世同医生对他们说以前一些病人的家属面对这样的情况，相当一部分人都决定放弃治疗。

他们流着泪对我说："嘉懿，如果你也决定放弃治疗，我们不会怪你，只怪舒馨福气薄。"

我安慰他们说："爸爸妈妈你们放心，只要舒馨还有一口气，我永远不会放弃她。"

后来我决定让他们先回乡下，等舒馨有好转再把他们接过来，他们于是又回去了。

之所以让他们返回，首先是因为我的心已经够乱的了，他们在这里不但帮不了我的忙，反倒会让我更有压力；其次是他们待久了，会让可心起疑心。可心已经好多次问我，为什么外公外婆总是很伤心，我只得骗可心说是因为外公外婆身体不好。

这两天，黄律师带来消息说，警方已经抓到了凶手，果然是跟舒馨同村的那个人。那个人过几天就会托人把六十万医疗款打到我的账户上——他那死去的富裕老婆给他留了几百万的现金遗产和几套房子。

黄律师还说，目前这个案子所有的证据都只能表明那个男人是过失致人重伤，所以，如果我和舒馨不追究，法院可以给那个人判缓刑，不用进牢房。所以那个人希望黄律师做我的工作，说如果我同意不追究，他还愿意再补偿几十万。

我恨得咬牙切齿。这种恶棍，道德败坏，伤人害己，怎么能不追究呢？但是有些事涉及舒馨的隐私，而且公安又没有掌握证据，所以无法认定他是故意伤害舒馨。我对黄律师说："我不愿意放过他，请你在你能力许可的范围内，请求法院让他受到最重的惩罚！"

我轻轻抚摩着舒馨婴儿般柔嫩的脸，想起我们初识时的美好时光。

那时候，第一眼看到舒馨，我对她就格外有好感，好像她是我的妹妹，或者，是一直就在我身边的一个什么人。

舒馨一直是个比较乖、比较柔顺的女人，我确实做梦也想不到她居然有这么一个噩梦般的秘密。

假如舒馨选择向我坦白，情况会不会有所改变？

我承认如果舒馨最开始就明白地告诉我一切真相，可能起初接受实情会让我觉得困难，但是，如果她找适当的机会告诉我，我相信，无论如何，结果应该总好过让她成为植物人。

想起出事前的几天，舒馨是想跟我沟通的，而我却因为气没消，故意躲着她，现在回想起来我万分自责。

我不觉得我是个心胸狭隘的男人。在这件事情上，舒馨从头到尾都是受害者，就算我刚开始受不了，但只要她真心对我，真心爱这个家，我应该迟早会接受她。只是，接受这样的事，确实需要一个过程。

舒馨，舒馨，你真是太软弱了！真是太傻了！

我也恨自己太不敏感，这样的事情我竟然没能尽早发现。

我长长地叹息，恨恨地用手捶了捶自己的脑袋。

雪晴和袁思静抱着鲜花走进了病房。

她们看看我，又看看病床上的舒馨，一时不知道该说什么。雪晴把花放好，轻轻拿起舒馨的手，捏了捏，无言地叹息一声。

我起身对她们说："我替舒馨谢谢你们来看她，我们到小花园里去走走吧！"

她们一左一右走在我身边。

袁思静问我："郭老师，师母真的会变成植物人吗？"

我说："我也不知道。医生说，即使是最乐观的估计，就算她醒过来，智力也会退化到相当于一个八九岁的孩子，而且基本上想不起八九岁以后的事情。"

雪晴一直不说话，她表情凝重，不时看看我。

而我这些天考虑得最多的事情是，我该如何让可心来面对她昏迷不醒的母亲。继续瞒下去已经显得没有必要，何况，可心似乎渐渐起了疑心，可能是英子走漏了风声——可心外公外婆来的时候，英子已经知道了真相。这两天我决定把可心带到舒馨面前来。每个人都要去面对自己不得不面对的一切，孩子也不例外。

此刻，因为雪晴的存在，我的心格外温暖。每次与她四目相对的时候，我的目光不知不觉会变得柔软起来。

命运对我，总算依然心存怜悯。

Two

下午四点，我抽空去学校接可心。

可心大老远飞奔过来，扑进我的怀里。望着她那张甜蜜蜜的小脸，我的决心有些动摇。这么可爱的孩子，我如何忍心破坏她的天堂？

"爸爸，你真好！以前你很少来接我，这段时间你经常来，是不是因为妈妈去了国外？"

我笑一笑，点点头。

可心的小脸儿严肃起来："爸爸，妈妈怎么这么久都不给我打电话呢？李雯雯说她爸爸以前也到过国外，是去了美国，但是她爸爸每天都会给她打电话。"

我的心隐隐地痛起来，于是带着可心坐出租车往医院而去。

在医院门口，我蹲下来面对可心，问："可心，你已经十岁了，算不算懂事了？"

可心点点头说："可心已经懂事了。"

我再问："你知不知道，在这个世界上，有时候我们会遇到坏的事情？"

可心再点头："知道，我们班上有一个男同学，他的奶奶昨天死了，他好伤心的，上课的时候都在哭。"

我沉默了一阵。

可心问："爸爸，你是不是要告诉我什么坏事情？"

我缓缓说："爸爸是要告诉你一件坏事情，也要告诉你一件好事情。"

可心问："是什么好事情？"——这孩子，一直很乐观。

我叹息一声，说："好事情是，你很快就可以见到你妈妈了。"

可心高兴得跳起来欢呼："噢！妈妈回来了！噢！妈妈回来了！"

我转开头，努力不让自己的眼泪流下来。

可心抓住我的手，兴高采烈地问："爸爸，我什么时候可以见到妈妈？"

我说："爸爸还要告诉你一件坏事情。"

可心疑惑地问："是什么坏事情？"

我低声说："你妈妈，她出车祸了，受了很严重的伤，一直昏迷不醒，就住在这家医院里。"

可心的小脸儿一下子变得发白了，她紧紧抓住我的手，小小的手心里全是汗，害怕得什么也说不出来。

我蹲下来对女儿说："可心，你刚才告诉爸爸，你已经懂事了。懂事的人，要坚强，要敢于面对任何情况。"

可心满脸茫然地望着我，她还无法理解眼前的情况。

我抱抱女儿，轻轻叹息一声，鼓励地拍拍她的背；然后，我牵着她，往舒馨的病房里走去。

望着病床上的舒馨，可心惊慌地睁大了眼睛。

她先是低低地、怯怯地试探着叫了一声："妈妈！"

没有得到任何反馈，可心提高声音，又叫一声："妈妈！"

还是没有任何回应。

可心突然哇哇大哭起来，扑到我的怀里，她哭着问："爸爸，妈妈什么时候才会醒来？"

我拼命抑制住自己的泪水，说："爸爸也不知道妈妈什么时候会醒过来。可心，乖，妈妈虽然昏迷了，但她一样能够感觉到可心来看她了。乖啊！"

可心扭头去看舒馨，她想伸手去摸妈妈的脸，又似乎有些害怕。

我抓起可心的小手，轻轻抚摩舒馨的脸，喃喃道："舒馨，女儿看你来了。"

可心扑到舒馨身上，大哭："妈妈，妈妈，我是可心，你快睁开眼睛看看我！"

我抱住可心安慰她："可心乖，以后可心每天放学了，都来看看妈妈，陪妈妈说话，妈妈很快就会醒过来的。"

我看到舒馨的手轻微地动了动，似乎要去抓住什么，我赶紧把可心的手放在舒馨手里。

这个动作，我前几次从来没看到过。难道，可心的到来，真的让舒馨有了感应？

手机响了，是袁思静。

"郭老师，你明天上午九点有个咨询预约。这个男人很年轻，很神秘，他的声音非常好听，是真的很好听，我好像第一次听到那么有磁性的声音。但是他说他要直接找你，不肯告诉我他要咨询的内容。"

"好的，明白了，我明天上午九点之前到咨询室。"

Chapter 25

男主播：长得太帅是一场灾难

长得太帅有太帅的烦恼。

如果有富姐给你一百万请你陪她去欧洲，你去不去？

One

眼前的一幕景象让我吃惊不小。

我今天和大多数时候一样，是八点四十五分走进心理咨询室，可我怀疑自己走错了地方。

桌上、墙上，甚至过道里，到处都是鲜花，主打的花朵是玫瑰和百合。袁思静背着手站在鲜花的尽头，喜笑颜开又略带得意地望着我。

我笑着问："这是干什么？"

袁思静说："我说过要把咨询室摆满花朵，然后让你单独请我吃饭。"

啊！她居然来真的！

我笑着摇头说："小袁，你真是孩子气。这么多花，多浪费啊！"

袁思静的表情黯淡起来，她问："郭老师，你一点都不感动吗？"

我说："说实话，我有一点感动，但更多的感觉是哭笑不得。你真的只是个孩子。小袁，我告诉过你，别在我身上浪费时间，我们是两个世界里的人。在我的生命里，你只是我事业的助手，其他角色，我不觉得你会合适。"

她叹息："郭老师，我明白了。我事先就告诉自己，假如我在咨询室里摆满花朵，仍然不能感动你，那就当作我为自己举行的一场隆重的告别仪式，告别一份虚幻的爱情。"

我说："这才对。像你这么好的女孩儿，如果你能够成熟理性一些，一定会拥有非常美好的真实的爱情。"

袁思静神情又失望又落寞，独自坐在她的办公桌前，开始发呆。

我看看她，狠狠心，径自走进咨询室。

我对她无能为力，她必须自己面对自己。

九点整，袁思静把一个来访者领了进来。

我抬头看他一眼，立刻愣住，同时我发现袁思静眼里闪着兴奋的光，但她刻意掩饰着自己的兴奋。

因为，来访者是魏东来。

我打赌在这座城市，十个人当中，恐怕只有半个人不认识他——之所以这么说，我的意思是，只要是看过电视的人，基本上不会不认识他。而现在电视依然是主流媒体，就连在公交车上，也已经开通移动电视。

他一坐下来就说："郭老师您好！我是通过网络找到您的。我想先问您一个问题，请如实回答。这个问题是，您认识我吗？"

我略略思考片刻，便答："我觉得你很面熟，如果我没记错，应该是在电视上看到过你。"

——事实上，我对他的了解当然不仅仅是面熟，我连他的名字都记得。因为他长得实在是太帅了，我记得曾经听到过至少两个人说他是"天下第一大帅哥"。

他说："谢谢郭老师的坦诚。我想再确认一下，心理咨询师一定
会为来访者保密，对吗？"

我说："是的，保密是心理咨询的第一原则。不过，有一些保密
例外条款，比如，生命安全例外，国家行为例外，需要我解释吗？"

他说："您还是解释一下吧。"

"就是说，在咨询过程中，如果发现来访者有危害自身或者他人
的情况，必要时要通知有关部门或家属；然后，心理咨询师在接受国
家有关机关的询问时，不得做虚假陈述。也就是，只有在这两种情况下，
心理咨询师可以免除保密义务。其他情况下，没有经过来访者同意，
是不可以泄露任何秘密的。"

魏东来舒口气说："那好，那我就放心了。"

这是我第一次如此近距离地打量魏东来，我觉得他本人的样子，
比电视上还要帅气得多。

一米八的身高，浓且一丝不乱的眉毛，大而亮的眼睛，高挺的鼻子，
红润的嘴唇。他的神情是沉静而略带忧郁的。

怎么会有长得这么帅的男人？我忍不住暗暗称奇。

他顺手拿起我放在桌上的笔，一下一下，有节奏地轻轻敲着。

从他凝然不动的眼神里，我知道他在专心思考。

Two

过了好几分钟，他开口了："郭老师，我觉得你也是个帅哥。男
人长得太帅，有时候是一场灾难。"

我笑笑说道："哦，我没你那么帅得严重，没有帅到会带来灾难的地步。"

他哈哈笑了起来，然后，他收敛了笑容说："我说这话是有根据的。从小到大，我一直被贴着帅哥的标签。长得帅，表面上看，是件好事，可我却因此受到许多损失。比如说，就因为太帅，我现在都二十九岁了，却连个女朋友都找不到，因为优秀的女人会认为我除了帅，就一无所有，我的外表把别的优点都遮盖起来了；就因为太帅，有几部电影和电视剧选角色的时候，起初定的是让我当主角，可是后来，试了几次镜，导演就说，魏东来实在是帅得过头了，他演不了别人，他永远是他自己，他的帅对角色是一种伤害，于是我跟影视无缘，只能当当新闻主播；还有，就是因为太帅，有的女孩子即使喜欢我，也怕我会被别人抢走，没有安全感，干脆不敢来喜欢我。这下，郭老师，你相信了吧？你看那些红得发紫的男演员，有几个是长得特别帅的？除了少数几个特型演员，真正的明星都是那种形象还可以、可塑性特别强、演什么像什么的人。而我，连当演员的资格都干脆被剥夺了。因为我已经被贴上标签，我只能是我自己，是魏东来，我演不了别人。"

说实话，听了他这一番话，我觉得有些惊奇。我确实第一次听说男人长得太帅，居然还有这么多弊端。不过，我寻思一阵，他的话也许是对的，看看当红的男影星，王志文、孙红雷、葛优、陈道明等，还真是都称不上特别帅。

我说："你目前这样，当一个新闻主播，也没什么不好呀。"

他说："是没什么不好。不过，所有的人想起我来的时候，他们只记得我帅，是大帅哥，我的主持风格，全都被这一个'帅'字给盖掉了。"

我不是很懂电视，他这一番话，我不知道是不是真的有道理。于是我只是笑一笑，对他的话不加评论。

魏东来叹息一声，说："当然，长得太帅，虽然给我带来不少烦恼，但是公平地说，帅还是比丑要好。"

我还是笑。

魏东来凝视我好一阵，然后说："郭老师，我来找你咨询，是因为我遇到了一件让我烦恼的事。怎么说呢，就是，一个朋友的朋友，是个富姐，她认识我以后，我们在一起聚过两次，每次都是很多人聚在一起。然后，前几天她突然单独约我，而且要求我陪她去一趟欧洲，她说如果我愿意陪她去欧洲旅游十天，她不但承担所有的费用，还另外付一百万报酬给我。就是这件事让我非常苦恼，甚至晚上睡觉都睡不着。"

如果不加以思考，仅仅从表面上看，在常人眼里，魏东来简直是遇到了天大的艳福。不但可以免费陪美女到欧洲旅游，还可以得到一百万的报酬，这是一般人做梦都想不到的好事。

当然，问题不能只从这一个角度来看。魏东来居然为别人会认为是好事的事情感觉到苦恼，自然有他的道理，我不妨先听一听。

我问："为什么你会觉得苦恼呢？"

魏东来长叹一声，双手捧着前额说："这些天我想过了，让我烦恼的原因有两点：首先，这位富姐，比我大十岁，我不讨厌她，但，绝对也说不上有多么喜欢她，要我如此近距离陪她去旅游，我当然有顾虑——只要是个成年人，都会考虑两个人单独去外地旅游一般会意味着什么；其二，如果我真的答应陪她去欧洲，万一消息泄露出去，我的名声不就彻底毁了吗？但是，想想那一百万，我又做不到爽快地拒绝她。对我来说，这个诱惑实在不算太小。"

我点点头："我明白你的意思，你是说你的内心面临严重的冲突。如果去，你并不喜欢她，并没有那么想陪她去，何况，毕竟你是一个公众人物，你担心消息泄露会对你不利；可是如果不去，你就失去了一个可以比较容易地得到一百万的机会，是这样吗？"

魏东来点点头。

我说："来，我们来分析一下最好的情况和最坏的情况，你觉得最好的情况是什么？"

他说："最好的情况是，我仅仅以好朋友的身份陪她去一趟欧洲，而且这个过程不会被任何人发现，然后，我轻松地得到了那一百万。"

我再问："最坏的情况呢？"

他说："最坏的情况是，我陪她去一趟欧洲，拿到了一百万，然后，到处有我的绯闻，我成了众人眼里的'鸭子'、'二爷'，很难再抬得起头，这辈子连个像样的老婆都找不到。唉，公众人物有公众人物的悲哀啊！如果我只是个普通人，去了也就去了，谁也不会关心。"

我提醒他："但是如果你只是个普通人物，会有富姐出一百万要你陪她去欧洲吗？"

他点点头："对，如果我只是一个普通人物，不可能出现这样的事情。现在情况就很明朗了，那就是，我的声誉价值多少？"然后他接着说，"不只是声誉的问题，假如我很喜欢那个富姐，也许，上刀山下火海，我都可以考虑相陪。"

他长长叹口气："算了，我不再考虑这件事了。假如那个富姐还追着我说这件事，我就要求带一个我最好的哥们一起去；假如带我最好的哥们一起去，她还愿意付我一百万，那就OK，没问题；甚至，因为是带我最好的朋友去，由她来负担费用，那么，即使她不付一百万给我，我也可以考虑大家一起去。否则，我不再考虑。我不会拿我自己的声誉开玩笑，我不会成为那一百万的奴隶。"

我欣赏地望着他，点点头。不错，这个帅哥，够骨气。

Three

魏东来像想起什么事似的，问我："郭老师，外边那个漂亮的小姑娘，是您的助手吗？"

我说："对，她是个非常不错的小姑娘，人很聪明，很快就可以独立执业，成为一名优秀的心理咨询师。"

魏东来说："刚才她好像不认识我。说实话，不是我自大，在这个城市里，我很少遇到不认识我的女孩子。"

我心里暗暗笑了，袁思静不可能不认识魏东来。她假装不认识他，只不过是为了让他有安全感，不至于让他担心自己来做心理咨询的事情会让太多人知道，就像那一次我让她假装不认识雪晴一样。因为目前在不少人心目中，来做心理咨询，仍然是一件考验胆量的事情。

就这样，袁思静假装不认识魏东来，反倒让魏东来动了想要征服她的心思。

我突然眼前一亮。这两个人，一个是未婚的帅哥，一个是待嫁的美女，如果他们能够互相吸引，这不是一个很好的开始吗？

我淡淡向魏东来透露道："这个女孩儿很特别，她的家族生意做得很大，她自己也开一辆崭新的甲壳虫，她根本不缺钱，但她很有志气，立志要通过自己努力成为一名优秀的心理咨询师，不知道要多么好的男孩儿才配得上她。"

魏东来的眼神明显亮了起来。

我扬声叫道："小袁，过来一下。"

袁思静走了进来。

我说："小袁，介绍这位帅哥给你认识，魏东来，电视台知名的主持人，不少人称他是'天下第一帅哥'。东来对心理学很感兴趣，我们刚才聊了不少心理学方面的话题。小袁，这么优秀的帅哥还没找到女朋友哦，你要给他留意一下。"

袁思静笑笑说："这位帅哥实在是太帅了一点，我不知道他看不看得上我身边的女孩子哦。"

魏东来说："你给我介绍一个和你一样的女孩子就行了，我还怕我配不上她呢。"

我一句不漏地听着，看来有戏。

我微笑着说："我要出去办点事，你们先聊。"

我朝医院而去，打算看看舒馨，路上收到雪晴发来的短信："晚上有空吗？"

我回："有空。渴望见到你。一起晚餐，等我电话。"

Chapter 26

这世上最美好的夜晚

这世上，有的人，是为另外一个人量身定做的。

无论身体，还是灵魂。

如果他们有足够的运气能够遇到，就是美好的传奇。

One

此刻在一家中餐馆，坐在雪晴面前，我发现自己的心理起了微妙的变化：似乎没有从前那么坦荡，又似乎比以前更渴望接近她。

我分析，这次之所以约雪晴来中餐馆吃饭，很可能跟我的内心感受有关。现在的我，一方面想跟雪晴在一起，另一方面似乎又有逃避之意。

说实话，以前和雪晴单独在一起，我的内心是平静的，因为我觉得我们的交往光明磊落，不过是在一起彼此交流一些内心的想法，是很坦然的。

现在为什么会这样呢？是因为知道雪晴已经离婚了吗？或者，是因为我对她的感情发生了变化，对她有了某种企图？

我叹息一声，微微有些不安。

这个时候是晚上七点半，我们刚刚用完晚餐。下一步，我是不是可以安排一些活动呢？比如看电影、喝茶、足浴什么的，我有些踌躇。

雪晴开口了："嘉懿，你打算自己将来怎么办呢？医生跟你说得很清楚，舒馨很可能成为植物人，就算有一天她醒过来，智力也只能恢复到八九岁。"

我叹息，摇头："我现在还不知道究竟该怎么办。"

雪晴说："我也觉得，这个时候跟你谈这个话题，可能稍微早了些，但，我愿意冒一冒险。"

"冒险？冒什么险？"

"今天上午，九点多钟，袁思静给我发短信，她说她发现你非常喜欢我，还说她给你当了一年多助手，从来没有看到你喜欢过别人，现在，你的爱人又发生了意外，所以袁思静要我好好关心你，好好把握机会。我承认，我自己也是这样想的，你现在确实需要关心。"

九点多，是我在给魏东来做咨询的时间。也就是说，我在里面做咨询，袁思静在外面胡思乱想，然后跟雪晴联系。

我微笑。我想起满屋子的花朵，想起袁思静失望的表情，也想起后来我把她介绍给魏东来的时候，他们两个人欣喜的眼神。这是一个又单纯又善良的年轻女孩儿。

就在这时候，躺在医院里的舒馨同时也闯进了我的脑海，还有哭着喊妈妈的可心。

我的内心掀起波澜。

我承认我喜欢雪晴，第一次跟她见面时，我对她就很有好感。现在看来，雪晴也是喜欢我的。

如果我跟雪晴有很深的交往，算不算背叛？事实上，我一直是一个非常规矩的男人，如果不是因为舒馨发生这么多事，我是能够抵抗一切诱惑的。

舒馨背叛在先，而我和雪晴又真心地彼此欣赏。不管我们之间有什么发展，我觉得，我是可以问心无愧的——我在心里为自己做好了铺垫。我承认我只是一个普通的男人，有血，有肉，有情，更有私心。

我微笑着问雪晴："雪晴，你跟人的交往，应该都有底线的吧？比如说，你对我，设定了底线吗？"

雪晴看看我，低下头："你看对了，我确实是一个喜欢设立底线的人。事实上，我是一个思想叛逆而行为保守的人。但是非常奇怪，对于你，我没有任何底线。"

她用手支着下巴，眼睛偶尔凝视我，偶尔偏转一个角度，毫无目的地看向其他地方，开始自语："我是在网上无意中发现你的博客的，看到你跟我在同一个城市，而且年龄段也跟我相当，只比我大几岁，我对你很好奇，所以预约了你的咨询。应该说，你给我的印象相当好。我甚至想，要是我们在恰好的时间相遇，该有多好。然后，我也感受到了你对我的好感，我就在心里告诉自己，这辈子，只要你愿意，我会用我的方式陪伴你走下去。只是普通朋友也可以，是非常好的朋友也可以，甚至，呃，怎么说呢，总之，我不排除跟你相处的任何可能性。然后，舒馨找我咨询，再然后，她出现意外，我有时候甚至会迷信地想，这一切，会不会是天意？嘉懿，我是真的愿意陪伴你，照顾你。"

我深深地动容，把她的手紧紧攥在我手里。

我问她："你真的有这样的勇气吗？真的有勇气能够跟自己内心一贯遵循的道德观做斗争，能够抵抗住来自社会层面的各种压力吗？我觉得我们应该把事情考虑得更周全。我珍惜我们之间的相遇，我不希望我们仓促地做出什么事情，然后，又因为自己无法跟某种压力对抗，然后反悔，然后彼此放弃。那样的结局，不是我想要的。我觉得，我们之间，要么，就保持现有的距离，彼此是好朋友，一直互相支持走下去；要么，如果有所超越，真的爱上对方，那就要爱到底，不离不弃。"

雪晴望着我，含羞带怯地说："嘉懿，我们想的一模一样。事实上，我不会轻易和人走得太近，但是一旦走近，我会非常珍惜。"

我摸摸她的头发，问："你是否介意我问一问，你跟前夫之间，为什么会分离？"然后我飞快地补充，"如果你实在不愿意回答，你可以保持沉默。事实上，我之所以问这个问题，不是想刺探你的隐私；而是，我想了解，你跟你前夫之间究竟是因为什么分开的，我和你之间如果走得太近，有没有可能重蹈覆辙。作为心理咨询师，你很清楚，人性很容易强迫性重复，许多人永远在同一块石头前被绊倒。"

雪晴低下头，似乎有些为难。

Two

我正准备把话题岔开，雪晴却开口了："我愿意和你坦诚相见，我跟他分手的真正原因，是我们的性生活太不和谐。他是一个性的需求特别强烈的男人，我觉得他已经达到了病态的程度，可是他却不肯去就医。"

"病态程度？"

"嗯，怎么说呢？他经常一晚上需要两三次，而且，很不顾及我的感受，半夜三更常常把我弄醒，我的健康状况大受影响，只好和他分房睡。发展到后来，他竟然带别的女人回家，这不是我能够接受的，于是我们只能离婚。"

我点点头，"雪晴，我明白了，真抱歉让你想起不愉快的事情。

事实上，绝大部分夫妻，如果他们的婚姻生活很糟糕，多半是因为性的不和谐。只不过现实生活中，没有几个人会诚实地面对自己，都会用其他的矛盾来掩盖事情的真相，都是找其他借口吵架，而回避本质的原因。"

她说："确实是这样，不过，也有的夫妻，本来性生活不错，却因为其他事情处理不好，最终导致两个人的性生活质量也越来越糟糕，然后形成恶性循环。"

我突然觉得口渴，找服务员要饮料。服务员拿来一瓶橙汁饮料，同时提醒说，他们快要下班了。我这才发现，已是晚上九点。中式餐厅在这个时候，一般都要打烊了。

我看看雪晴，她却有些害羞一般望向了别处，我突然有了一个决定——我不想太压抑自己。

我望着雪晴说："我们需要换一个地方，你希望换到什么样的地方去呢？"

雪晴看我一眼，勇敢地笑着说："什么样的地方都可以。"

"真的吗？不管我怎么安排，你都服从？"

她娇柔地说："是的。"

说实话，我的大脑仍然有些迟疑；可是，身体里的熊熊烈火，却已成燎原之势。我的身体已被禁锢得太久，因为舒馨，已有几个月的时间，我没有和另外一个身体融合在一起。

饭店旁边，就是一家四星级宾馆。

我牵着雪晴的手，她一直顺从地跟着我，没有丝毫犹豫。

进到房间，雪晴却有些害羞。我要和她一起淋浴，她却低头说："这一次，我们还是分开，好不好？我，我还不习惯你。"

我吻吻她，并不勉强，自己先去洗。

我躺在床上看着她披着浴巾从浴室里出来，我发现她的身材保持得非常好，胸部没有明显下垂，皮肤光滑，如同少女。

我和她紧紧相拥，四目相望，我轻轻抚摩她，如同面对一个婴儿。

她的羞涩在一点一点退去，我感觉到她的身体越来越热。

终于，我让自己进入她的城池，我听到她不能抑制地轻声叫喊。这种迷醉和愉悦，肯定不是能够假装的。

我紧紧拥抱她，亲吻她，有节奏地向她进攻。

就在一个瞬间，我们共同达到了身体欢乐的某种极限。

我从来不知道，身体和心灵的交融，能够带来如此浓烈的感受，能够达成如此强烈的喜悦。

以前和舒馨在一起，我一样很容易达到高潮，但是感觉完全不同。舒馨总是怕痛，每次都巴不得我早点完成任务。

相比之下，舒馨如同一个幼儿，可亲可爱；而雪晴，却让我的灵魂升入到一片前所未有的高远的天空，我如同一个君王，感受生命最热烈的欢欣。

平静下来，我轻轻吻她，喃喃低语："雪晴，我们在一起，怎么这么好？"

她紧紧抱住我，深深地吻了吻我的脸颊，却不说话。

我不依，问她："我要你亲口告诉我，你喜欢和我在一起吗？"

许久她才抬起头来，望着我说："嘉懿，我觉得，你是上帝为我量身定做的男人。我很感恩，我来这世上，终于遇到你。"

说着这样的话，她居然流下泪来。

我轻轻吻去她的泪水，把她紧紧抱在怀里，无限的柔情蜜意。

Chapter 27

拒绝做平庸男人

这一趟人世游，来了终归是要走。

有的人会智慧而清醒，活得精彩一些；有的人浑浑噩噩，活得糊涂而庸常。

可是悲观一点来说，精彩又如何？平庸又如何？

One

已经一个多月没有龙思远的消息，说实话，我非常记挂他，很想知道他的处境是否有所改变。

九点多钟，在等一位男性来访者的时候，我忍不住给龙思远发了一条短信："你最近好吗？"

很快收到回复："情况正在向好的方向转化。谢谢郭老师关心，有空我会再来找你。"

正在向好的方向转化，这下我就放心了。说实话，我一直担心会受到他的牵连，每每都为此忐忑不安。现在看来，似乎不必有太多忧虑。

我看看手里的登记资料，这位我正在等待的来访者，填写的全名是邵卓，三十九岁，他的咨询事由是：想知道自己为什么那么甘于平庸，为什么那么容易被人控制，他想找到自己人生的突破口。

显而易见，这是一个成熟得比较晚的男人。三十九岁了，才开始思考这样的问题。当然，这并不值得大惊小怪，因为还有另外的人，他们一辈子都不会成熟。

邵卓走进咨询室的时候，我微微有些意外。

因为他的外在条件是非常好的，他的身高应该在一米七五到一米八之间，身材保持得很好，身形挺拔，看起来很年轻，像个帅气的小伙子，根本看不出他已年届不惑，他应该完全可以远离"自卑"、"被控制"这样的状态。但是从他的眼神里，我看到的是犹豫和不自信。

我不知道他的身体和心灵为什么会有那么大的反差。

邵卓在我身边坐下来。

他的眼神有意回避我，很少跟我对视，不自信表现得更明显。当然，自信，需要有支撑，不是想有就有。一个内心贫乏的人，不可能自信。很大程度上，自信缘于对自己和这个世界的了解。任何人都可以慢慢学习。了解了自己，了解了身边的世界，就会拥有自信。

我微笑着开口："邵卓，你好，请问我能给你什么帮助呢？"

邵卓想了想，回答道："怎么说呢，我觉得我在一个新的单位遇到了瓶颈。我来做心理咨询，是希望通过专业手段，来看看我是不是有办法取得突破。我觉得，我自己实在是太平庸了。"

我笑笑说道："这世界上的大多数，都是平庸的人。不甘于平庸，是迈向优秀的开始。先说说你的瓶颈吧！"

他说："我觉得每次我刚到一个地方，还是很受重视，可是，用不了多久，自己就会成为一个被忽略，甚至被忽悠的人。"

"你能说得具体一些吗？讲一件具体的事情。"

"我是从部队转业的，转到一家处级行政单位，是一名副处级调研员，刚去的时候，同志们都非常尊重我，大事小事都会征求我的意见。可是，过了不到三个月，他们什么事情都不跟我商量，好像我不存在一样，这让我非常受不了。"

"以前别人征求你意见的时候，你是怎么反应的？"

"我一般都是说，我刚来，什么都不懂，你们说怎么办就怎么办。"

"那么，现在他们不正是像你说的那样去做了吗？现在是变成了他们说怎么办就怎么办，你怎么又有意见了呢？"

邵卓沉默了。

我说："你回顾一下自己以前的经历，你觉得你自己最得意的事情是什么？"

他说："我这个人，一直过得平平淡淡，好像没什么很得意的事情。"

"那么，最让你伤心失望的事情是什么？"

"好像也没有，我说了，我一直很平淡。"

"你是说你以前在部队，那么，你在部队里是否受到过嘉奖？"

"那倒是有，我经常会立三等功。比如在抗洪抢险的时候，在处理突发事件的时候，我立过至少五次三等功。"

"那也不错啊！可能跟那些立一等功、二等功的人比，你会觉得自己很平常。但是我猜，肯定有不少人在部队里从来没立过功，对吧？我觉得你可能没有发现自己的长处，也不太懂得去激励自己。"

邵卓抓抓头说："这我倒是从来没想过。"

我再问："你在童年期间，发生过什么遗憾的事情没有？"

他想了想，说："小学三年级的时候，因为我生病一段时间，留过一次级。"

"你觉得这个经历对你有影响吗？"

"那肯定会有。相当长一段时间，总有同学会羞辱我，笑话我是留级生。"

"你是怎么反应的呢？"

"我开始很生气。有一次我去告诉老师，结果老师对我说：'他们怎么不笑话我是留级生呢？'我觉得很羞愧，以后就不管那些人怎么说我了。"

我叹息一声。这世界上，不懂教育，不懂孩子的老师是真的太多了。他们根本想不到，自己随便一句话，往往可能影响孩子一生。很显然，邵卓之所以如此自卑，很可能是由这段经历造成的。老师如此冷漠地对待他，他也就理所当然地接受了这样一个观念：自己是很差的，自己是没有价值的，自己是不配受到重视的。事实上，如果是一个认真负责的老师，遇到这种情况，应该在全班同学面前给邵卓一个机会，让大家知道邵卓留级是因为身体状况不好，而且要把邵卓是一个值得尊重的孩子的信息传达给大家。

我决定对他实行催眠治疗，让他知道，每个人的出现，都是这个世界上的奇迹，每个人的生命，都是有价值的。

当一个人尽可能发挥自己的作用，实现自己的人生目标，他就一定不是一个自甘平庸的人。

通过一个小时的心理咨询，我发现邵卓其实是个智商、情商都相当不错的人，他的综合素质是优秀的，应该是在成长过程中受到一些事件影响，耽误了自己。

他想要得到很大的改观，肯定不是一两次咨询就能奏效的。更重要的是，他必须学会自我觉察，自我激励，不断努力。

于是，我们商量着，制订了一套为期三个月的咨询方案，每周咨询一次。邵卓爽快地付了款。

中午我请黄律师一起吃饭，得知那个害了舒馨的犯罪嫌疑人可能面临两年半的牢狱生涯。说实话，即使这个人似乎已经得到应有的惩罚，我心里却没太多喜悦。像这种恶人，在我看来，简直就该判他个无期徒刑。

吃完饭我去医院看了看舒馨。她依然只有呼吸，对身边的一切一无所知。只不过，她的脸色看起来比以前红润了一些。这段时间英子每天接了可心，都会到医院来陪陪舒馨。英子说可心每次都会抱抱妈妈，跟妈妈说话，读一些优美的文章给妈妈听。所以，舒馨有所好转，应该是可心的功劳。

我的心情依然很沉重。

Two

这时候离可心下课还有两个小时，又没什么其他事。想起昨天晚上才和雪晴在一起，今天又约她恐怕并不合适，这颗心空荡荡的。

我茫然地、漫无目的地在街上走，突然，我看到了雪晴。她正迎面匆匆朝我所在的方向走来，左手拎着一个袋子，里面似乎装了些孩子穿的衣服；右手，居然拿着一串糖葫芦。当然，她根本没注意到我的存在。

多么巧，我很少在街上遇到熟人。

我站住，微笑望着她。直到走到我面前，她居然还没看到我。我伸出手捉住她的胳膊，她明显吓了一跳，定睛发现是我，笑着捶了我一拳。

"雪晴，多巧，在大街上遇到你了。"

"是啊，嘉懿，真没想到会在这里遇到你。"

"你这么匆匆忙忙的，是要去办什么事吗？"

"嗯，小朋友今天晚上会回来，我要回去给他做饭。不过，不是很着急，我们找个地方坐一两个小时吧，坐一坐我再回家。"

"那太好了！是要隆重纪念我们第一次在街头偶然相逢。"

我轻轻拥着雪晴的肩膀，走进一家咖啡厅。

在雪晴身边，我立刻觉得自己的心被一种美好的感觉填得满满的。

我们要了一壶咖啡，并肩坐在一个卡座里。

我伸手把她抱在怀里，忍不住深深长长地吻了她一下，她也和我一样忘情。

放开她的时候，她亲昵地轻轻拍了拍我的脸。

服务员送咖啡来了，我们有意无意地端正了坐姿。

"雪晴，你今天做了些什么事？有什么收获没有？"

"我今天写了五千多字。要说收获，我想想，怎么跟你说，嗯，就在刚才，我成功地让自己没有成为一个奴隶。"

我有些困惑地望着她问："让自己没有成为一个奴隶？什么意思？"

她轻轻拍了拍装衣服的袋子，说："我刚才在服装博览会上逛了逛，看到一件非常漂亮的皮草，说是什么进口水貂。颜色很漂亮，不过很奇怪，明明看起来是浅灰色，却被称为蓝宝石色。我试了试，上身效果特别好，简直是专门为我设计的。可是，不管怎么讨价还价，居然最低价也要一万两千八，实在是太奢侈了，咬咬牙，倒也是买得起的。可是，这么奢侈的东西，我还是不习惯。"

她把袋子打开，说："我最后没买那件衣服，只是给我们家小朋友买了两套。我自己的衣服一般也就一两千块钱一件。这么昂贵的皮草，我买了会睡不着觉。最后我自己什么也没要，主要是，看上的，太贵了；没看上的，又不想买。从博览会出来，我觉得我的心情非常好，因为，我终于没有成为那件衣服的奴隶。当你去做一件力不能及的事情，你就很容易被沦为奴隶。"

雪晴一口气眉飞色舞地说完这番话，然后说："这是女人的购物心态。你这个大男人，是没有办法理解的。说说你自己吧，你今天做了些什么？"

我喝口咖啡，笑一笑："今天就上午做了个咨询。"

"你每天都有人来咨询？"

"基本上是，有时候一天不止一个。当然，有时候我也会外出讲课。"

"那多好。不过，每天都有事，可能会让你没那么自由。"

"也还好，如果我想出去走走，可以把咨询时间合理调整一下。一年腾出十天半个月，不是问题。"

"那太好了。下次，我们找个时间结伴出游。"

"一言为定！"

Chapter 28

爱情有很多种

爱情是生命能够带给人的美好礼物之一。

它是蜜糖，也是苦药；令人心醉，也让人心碎。

取决于你是谁，你遇到了谁。

One

这些天袁思静的心情好得出奇，她总是笑，有时候不知不觉还唱起歌来。

早上九点，当她满脸笑容地给我端来一杯茶，我忍不住打趣道："小袁，我猜，你谈恋爱了是吗？这么高兴。"

她笑得更灿烂："郭老师，不瞒你说，你猜对了。"

我研究地望着她，但笑不语，等她自己说下去。

她说："魏东来上次来咨询认识我之后，就开始追我。然后，我们现在正式确立了恋爱关系。我们彼此的家庭都很支持，我的爸爸妈妈希望早点有人来照顾我；他的爸爸妈妈巴不得早点抱孙子，一直着急上火的，一听他说要把我带回去，高兴得不得了。"

我笑一笑，说："恭喜你，你们非常般配。"

袁思静干脆在我面前坐下来，她说："说实话，我最初跟他接触，纯粹是出于一种好奇心。毕竟他是明星，我想知道明星的生活和我们有什么不一样。跟他近距离接触了好几次，我才发现，他比我想象的要丰富、美好得多。我刚开始以为他不过是个长得特别帅的男人，仅仅是靠着一张脸吃饭，事实上，根本不是这样。他非常勤奋，对自己要求很高，也很有责任心；然后，我们在一起，彼此都很开心。我们好像总有说不完的话。你相信吗，郭老师，有两个晚上，我们吃完饭就开始聊天，一直聊到天亮。"

望着面前这个清秀的女孩儿，我心里不由得生出一丝妒意。非常奇怪，她以前千方百计想要接近我的时候，我一点都不买她的账；可是，现在当我知道我和她不再有任何可能性的时候，心里反倒充满惆怅。人的内心，都有一些阴暗面，要尽量引进阳光。

袁思静当然不可能了解我内心的微妙变化，继续秀她和魏东来在一起的幸福时光："这个周末我们去了两百公里外的一个风景区，自驾游。我们在外面搞烧烤，开心得不得了。一个美好的两人世界，真的在哪里都是天堂。其实我在大学期间也谈过恋爱，但是，从来没有像这次这样投入，这样用心。我似乎总不相信是真的，总像是在做梦。"

我笑着对她说："如果你觉得你真的遇到了自己想要的爱情，确实是要好好珍惜。"

她认真地说："我本来就是一个懂得珍惜的人。郭老师，其实我心里有一个遗憾，我以前努力过，却不能走到你心里去。不过，也许你是对的，可能我应该找和我自己年龄大抵相当的人谈恋爱，会有更好的结局。"

我哈地笑出声来，开玩笑地说："思静你不厚道啊！刚找到男朋友，就开始嫌弃我老。"

　　她脸上仍是一副认真的样子："我从来不觉得你老，我不过是在陈述一件事实。事实上，郭老师，假如你那时候接受我，说不定我们在一起也会很开心。要知道，幸福有很多种，爱情也有很多种。如果我是和你在一起，当然不可能再跟魏东来有故事。"

　　我叹息一声说："我都四十多岁了，而且有家，对我来说，爱情是太奢侈、太遥远的事情。我很庆幸我管住了自己，事实上，你知道我对你也是有好感的，只是，我很清楚我无法对你负责，无法给你你想要的东西。现在看来，我是对的。"

　　袁思静狐疑地问："那你和雪晴呢？难道你们之间没有爱情？郭老师你不用瞒着我，其实，我知道你和雪晴应该是相爱的。"

　　我说："我和雪晴不一样，首先我和她就像你和魏东来一样，有许多共同语言；然后，雪晴和你不一样，她经历过许多事情，她是能够面对任何变故的。更何况，我想，她对于是否会有婚姻，肯定不像你这么盼望。"

　　袁思静脸上的笑容忽然消失了，她说："郭老师，我觉得你是个非常有责任心的男人，我不愿意你再受到任何伤害。有一件事，我不知道是不是应该告诉你。"

　　她的话和脸上的表情让我的心不由自主地往下沉。

　　她要告诉我什么？难道这段时间，我得到的坏消息还不算多吗？我受的伤还不够严重吗？

　　但是，不管发生了什么，我都必须去面对。

　　我盯着袁思静的眼睛说："不管是什么事，你说吧！"

Two

袁思静拿出手机，翻了翻，而后递给我。

上面是一张照片，一个男人和一个女人的背影，那个男人很亲热地搂着那个女人，女人似乎在半推半就地反抗。

我再仔细看，那个男人，我确信我不认识，而那个女人，居然是雪晴。

我的血液全部往头顶涌去，我问："你怎么会拍到这样的照片？当时是什么情况？"

"当时我和魏东来在逛街，他陪我买衣服，然后，他们两个人从我们身边走过。雪晴没有认出我，我正准备跟雪晴打招呼，然后看到那个男人去搂她，她似乎不太愿意让他搂，所以，我留了个心，就对着他们的背影拍了张照片。然后，我看着他们两个人走进了一家中西餐厅。"

"你和魏东来逛街？也就是说，这件事情是不久前发生的？"

"就是昨天上午。"

我沉默了。因为十点钟有一个预约的心理咨询，我不想让自己过于分心，于是我说："你把这张照片传到我的手机里。"

袁思静多余地说："最好你不要让雪晴老师知道是我拍了这张照片。"

我看她一眼，没吱声，然后叹息一声，朝她挥挥手，示意她退出去。

这次的来访者是个五十多岁的女人，是在女儿陪同下过来的。她很瘦，有些神经质，一天到晚抱怨自己这里或那里不舒服，让女儿、女婿以及老伴围着团团转，但是去医院检查，又什么病都没有。典型的癔症。

当我说如果我有办法可以彻底治好她的病，她愿不愿意试一试的时候，她却总是把话岔开。

于是我单独跟她的女儿待了一阵，告诉她女儿，对于这样的病人，一定要在她抱怨自己不舒服的时候表面上忽略她的抱怨；而在她心情很好，做的事情对她的身体健康、对家庭有益的时候加以鼓励。

送走来访者，我看了看刚才被设置成静音的手机，有一条雪晴的短信："我想在你面前露一手呢，晚上来我家，我做饭给你吃，可好？"

如果不是因为看到袁思静拍的那张照片，收到雪晴这条短信，我该是多么高兴啊！

然而现在，我心里却生出了淡淡的厌恶情绪。

我讨厌水性杨花的女人。这个雪晴，居然可以前一天和我在一起，第二天又和一个莫名其妙的男人勾肩搭背。这种女人，我不想再见到她。

我把那条短信删除，然后开始发呆。

我自认为自己是一个重情重义的男人，可是为什么，我遇到的却是容易背叛我的女人？问题出在我自己身上，还是，我的运气实在太糟糕了？

我心里有说不出的沮丧。

下午四点，手机响了，是一个不熟悉的座机号码。

我接听，居然是雪晴，她亲昵地说："嘉懿，你怎么不给我回短信啊？晚上来我家里吃饭，好吗？我准备了好多好东西。"

　　她的声音那么悦耳动听，声音里洋溢的热情那么具有感染力。难道，是有什么事情搞错了？可是，那张照片那么真实，会有什么错呢？

　　我一句话也不说，挂掉电话，然后把那张照片发给她。

　　过了两分钟，雪晴回短信了："你怎么会有这样的照片？你跟踪我？看来，我高估你了，我以为我遇到了一个可以终生相伴的人。"

　　自己做错了事，还这么理直气壮？

　　我于是挖苦地回了四个字："我有同感。"

　　我恨恨地想："什么你高估我了？我还高估你了呢！唉，算了算了，这世界，实在是莫名其妙！好男人遇不到好女人，好女人遇不到好男人，大抵如此。"

　　十几分钟后，雪晴再发来一条短信："再见一面，好吗？就算分手，我也希望我们彼此明明白白。"

　　说实话，我不怎么想再去见她。当然，她并不是我的妻子，也许我没资格要求她什么。可是，从决定跟她亲密交往的那一刻起，我就把她当成了最亲密的人。

　　被自己最亲密的人背叛，是痛苦的。

　　已经有了一个舒馨，我不想再来一个雪晴，于是我不再回她的短信。

Three

　　下班了，走出电梯的时候，我一眼看到了守在大厅里的雪晴。

　　她站在那里，倔强地盯着我，满脸受伤的表情。

　　就在这一瞬间，我有微微的心疼。

　　我们打了辆出租车，来到第一次见面的中西餐厅里。

　　雪晴的表情，始终是冷峻的。她哀怨地望着我，一言不发。

虽然我们两人都是心理咨询师，但毕竟我的经验更丰富，如果要比谁更能保持沉默，雪晴当然是比不过我的。

可我不打算跟她比赛，喝了口茶，我开口了："雪晴，你说我们再见一面，就是为了看着我，什么也不说吗？"

雪晴落下泪来："如果不是我这么坚持，我们两个人，是不是这辈子就真的再也不见面了？"

我点点头，冷淡地说："完全有可能是这样。"

更多的泪水从她眼里流出来："嘉懿，你好狠心啊！既然你这么无情，何苦招惹我？以后我给你发短信、打电话，你都别理我就好了，我们就真的能够一刀两断了。"

我承认，她的泪水让我的心隐隐作痛。我可能真是一个心太软的男人，我拿出手机，翻出那张照片，问她："你能给我一个解释吗？据我所知，这张照片是昨天的事情。"

她只是扫了照片一眼，然后说："我承认。可是，你不要忘记，我是一个已经离婚五年的女人。你不会认为，在这五年里，我的历史会是一片空白吧？当然，你可以放心，我绝对不是那种放纵自己的女人，应该说，我是懂得自律的。而且，如果你自己细心一点，你应该看得出来，我是在拒绝那个人的。他是我以前的男朋友，但是，自从跟你开始交往，我已经疏远了他。这次是他在街上遇到我，非要请我吃饭。你的心眼那么小吗？我跟别的男人单独吃个饭，你都要计较吗？"

她说的应该是真的吧？她应该是值得信任的吧？她这番掏心掏肺的话让我愧疚万分。

我握住她的手，那双手，是冰冷的。

"对不起，雪晴，是我错了。"

我去抱她的肩膀的时候，她趁势靠在我怀里，低低哭了起来，我慌忙道歉："对不起，雪晴，以后我不再无缘无故怀疑你了。这张照片，是我的一个朋友发给我的，她偶然在街上看到你，看到你们，就顺手拍了下来。"

她停止了哭泣，说："我明白了。你的朋友里面，认识我的，也只有一个袁思静，应该是思静发给你的。不过，你放心，我不怪她，她也是为你好，我更不会告诉她我知道这件事。"

我安慰地拍拍她的肩，说："好了，我们之间的误会消除了。来，先点餐，我们喝点红酒，我好好跟你道个歉。"

我们举杯碰了碰，雪晴梨花带雨地说："你以后再也不准误会我了，就算我真的做了什么错事，你也要原谅我，我改正就是。不准动不动就要酷，动不动就不理人。"

"好！不过，你真的不能太让我操心啊！现在要我操心的事情实在是太多了。"

"好——知道了！"雪晴再一次扑到我怀里，我们的心前所未有地更加贴近。

刚吃完饭，可心给我打电话，说有一道数学题不会做，我于是决定早点回家。这些天，我对可心的照顾实在太少了。

雪晴显然有些依依不舍，分别的时候，她紧紧抱着我不放——感觉得出来，这是一个对亲密关系非常渴望的女人。我相信，她应该是懂得珍惜感情的。

如果可心没有打电话，我肯定会送雪晴回家。至于到了她家里会发生什么事，不用想也知道。

这是一个我愿意好好用心来珍惜的女人。

Chapter 29

舒馨醒了

她居然忘记自己是别人的妻子，忘记自己已经成为母亲。

一个中年女子，她居然只记得自己的童年。

One

已是立冬时节，天气渐渐冷了。一整夜雨声淅沥，北风萧萧。

下午四点才有心理咨询，整个上午都没什么事，我一直不想起床。英子七点半已准时送可心去学校。可心离开之前还到我的床边腻了一会儿，给我读了几篇课文。看来可心非常喜欢阅读，这是好现象。

打开手机看看时间，已经九点多了。

"九点多才挣扎着从床上爬起来的人是可耻的。"我在心里嘀咕着谴责自己的懒惰。

手机响了，我一看是医院的号码，心里没来由得紧张起来，该不是舒馨有什么情况吧？

"你好！我是李医生，要告诉你一个好消息，你的爱人，舒馨，昨天半夜里醒过来了。这已经算是最好的情况。"

我悲喜交加，一时不知该如何反应，只是连声说："好，好，谢谢李医生，我马上过来。"

李医生说："等一下，我要先跟你交代一下，你爱人虽然醒过来了，但是，有个问题，她的智商只有八九岁小孩子的水平，而且，她可能记得你，也可能不记得你了。总之，不管她看到你是什么反应，你都要有心理准备。"

我的心往下沉了沉，嘴里说："好，我知道了，我马上过来。"

我胡乱洗漱了一下，拦了辆出租车来到医院。

走到病房门口，我的心里慌乱得不行。舒馨见到我，会是什么反应？

我在门口站了好一阵，鼓起勇气走进病房。

舒馨正目不转睛地盯着病房天花板的某个角落，我顺着她的视线看过去，原来那里有一只小壁虎。那只小壁虎正盯住一只小虫子，爬一爬，又停下来，然后继续靠近那只虫子。医院里一直开着空调，在这样寒冷的冬天居然还有这些小动物。

舒馨的眼睛瞪得大大的，这是我非常熟悉的一种表情，我在可心的脸上看到过这种表情——那时候，可心应该是六七岁，她在花园里盯着一只蝴蝶，想把它捉住，可惜后来蝴蝶还是飞走了。

我有意咳嗽一声，舒馨这才转过头来对着我。

她望着我，又惊又疑，似乎她自己也拿不准究竟记不记得我。

我握住她的手，她犹豫地把手往回抽了抽，但因为我用了一点力，她没能抽开。

我轻声呼唤："舒馨，我是嘉懿。"

但是她依然困惑地望着我，不说话。

我问："舒馨，你还记得我吗？"

她摇摇头，又点点头，一脸茫然。

我忍不住落下泪来。

李医生走过来，舒馨转眼看着他，慢慢对他露出笑脸。

李医生对我说："没关系，不要着急，慢慢来，千万别让她受到太大的刺激。"

我点点头。

李医生说："中午你可以喂她吃点稀饭，吃完饭，你可以扶着她到花园里去走走，要小心一点，慢一点，别让她摔跤；下午或者明天，你可以去给她买点东西过来，她以前特别喜欢的东西，像玩具、零食啊，你都给她买一点。或者如果你们家里有，直接把家里的东西带过来。再过个把礼拜，她就可以出院了。"

我仍是点头。

按照李医生的吩咐，我给舒馨买来稀饭，一勺一勺喂她。她并不抗拒，一口一口慢慢吃着。她边吃边偶尔对我笑一笑——那笑容，就像一个幼儿对于给他喂食的人的笑，是讨好的、有感激意味的，完全不是成年人之间彼此理解式的会心一笑。

在那一瞬间，我突然觉得舒馨也像可心一样，变成了我的女儿。甚至，她比可心显得更加幼稚。

喂完半碗稀饭，舒馨把碗推开，说："吃饱了。"

然后，她的脑袋到处乱转，好像在寻找那只小壁虎。

我于是扶她坐起来，试探着让她下床。

舒馨可以在房间里走走了。

过了一阵，等她适应了行走，我挽着她的胳膊，带她来到医院的小花园。

她像一个初学说话的孩子，看到什么，嘴里就念叨什么，我——

跟她应和着。

"花。"

"对，那是紫薇花。"

"树。"

"对，那是桂花树。"

"石头。"

"对，那是石头。"

虽然表面看起来，我对舒馨表现得非常有耐心，可我的心里却乱成一团麻，甚至对她有憎恨之心。

这个女人，这个有着妇人的身体，却拥有儿童般智商的女人，真的是我曾经的妻子吗？

我无法表达自己心头的苦恼和伤痛。

Two

我打电话让英子把可心从学校接到心理咨询室来，并叮嘱英子让可心在咨询室待一会儿，由袁思静陪着，然后英子回家做饭。

之所以这样安排，是因为下午四点我要做咨询，而我不放心直接让英子带可心来医院。因为猛然看到一个醒来了却与从前完全不同的妈妈，可心可能会受到惊吓。

五点过十分，送走来访者，我把可心带到医院。

在路上，我跟可心有这样一番对话：

"可心，告诉你一个好消息，妈妈已经醒了，可以跟你说话了。"

"太好了！太好了！我要赶快去见妈妈。"

"可是，可心，有一个问题，妈妈的大脑受了伤，她可能不一定还记得你，你要有心理准备。"

"妈妈不记得我了？"

"完全有可能。"

"那，怎么办呢？"

"没关系，你自己先有个心理准备就行，等下你仍然可以像平常那样叫妈妈。"

在住院部的走廊上，可心突然跑了起来，我赶紧说："可心，别跑！"

她停了下来，但马上开始急急地小跑。

可心推开病房门，大叫："妈妈！"

我看到舒馨迟疑地望着可心，一副非常困惑的样子。

可心已经扑到舒馨的怀里，继续叫："妈妈，你不记得我了吗？我是可心。"

舒馨喃喃地重复："可心？"

可心的脸色变了，她嘴巴一瘪，一副要哭的样子。

我赶紧把可心抱在怀里，安慰她："可心，没关系，妈妈以后慢慢会想起你来的。别忘了，妈妈受伤了，现在还是病人。没关系，你先跟妈妈交朋友，就当自己认识了一个新朋友，好不好？"

"不好！她不是新朋友，她是我妈妈。"

"对，她是妈妈。可是，妈妈现在病了，她忘记自己是谁了。她连自己是谁都不知道，怎么会知道可心是谁呢？可心要懂事一点，要高高兴兴的。"

舒馨却欠起身，在翻可心的书包，然后，她打开文具盒，拿出纸和笔，随意在上面涂画起来。

可心说："妈妈，这是我的作业本，你不能乱画。"

可心边说边把作业收了起来，舒馨把手背到后面，把笔藏起来，不肯还给可心。

可心无助地看着我，我说："可心，算了，让你妈妈画吧。你拿一个暂时不用的本子，给你妈妈，让她画，看她画些什么，等下爸爸去给你买新的作业本。"

可心听话地把另外一个本子递给舒馨。

舒馨在本子上画山，画树，画河流，画小村庄。

然后，舒馨嘴里嘟哝着："我要回家，我要爸爸妈妈。"

可心惊讶地瞪大眼睛，紧紧抱着我的大腿，怯怯地看着舒馨。

我想了想，决定给岳父岳母打电话，让他们再来陪舒馨。

舒馨出院的这一天，岳父岳母一起过来接她，雪晴和袁思静也一起来探望舒馨。

我把雪晴介绍给可心的时候，这么说："可心，这是一位作家阿姨，你要好好向她学习。"

雪晴亲昵地用手搂住可心的肩膀，而可心看起来也很喜欢雪晴。

舒馨像个傻子一样笑着，对着雪晴笑一笑，对着袁思静也笑一笑。

现在我相信大脑对容貌的决定作用了。舒馨以前称得上是美女，可是现在，即使她不说话，一个正常人也能看出来她有一定程度的智力障碍，而且，她的容貌，也已经完全称不上好看，脸都有点变形了。

袁思静和雪晴深深地望着我，眼神里满是怜悯。

我表面上看起来很平静，而心里却一直翻江倒海。

Three

　　回到家里，舒馨四处张望，仿佛是到了一个陌生的地方。她拖着岳父岳母的手，一直说要回家。可心去拉她的手叫她妈妈，她理都不理，还把可心的手甩开，可心委屈得快要哭了。

　　岳母说："孩子，这里就是你的家。"

　　舒馨摇头说："这里不是，我要回自己的家。我们家门口有一条河，我要回家。"

　　两位老人无助地望着我。

　　我早已忍耐了许多天，此时脑袋都要爆炸了。

　　我说："爸爸妈妈，麻烦你们先把舒馨安排好，我把可心带出去，要去处理一些事情。"

　　我直接把可心带到一家饭店。

　　其实我没什么事，只是想安静一下。在那样的环境下，我无法安静下来。有岳父岳母在，他们应该可以照顾好舒馨。

　　我明白我是在逃避，可我没别的办法，我很担心多日来的压抑心情会在某个瞬间爆发，我很怕自己突然失控、大发脾气，先回避一下应该是更好的选择。

　　我和可心点了几个菜，这时手机进来短信，是雪晴发来的："嘉懿，坚强一些，我永远支持你。"

　　我问可心："可心，你还记得刚刚见过的雪晴阿姨吧？她发短信要我们坚强一些，爸爸请她过来陪我们吃饭，好不好？"

可心点点头，又马上摇摇头说："不好！爸爸，你是不是不想要妈妈了，你是不是想让雪晴阿姨来当我的后妈？"

我一下子愣住了，现在的孩子，怎么会这么敏感？

我马上向可心保证："不会的！不会的！可心，别胡思乱想，爸爸和雪晴阿姨，只是好朋友。如果你不喜欢她来，我就不要她来。"

可心说："不是不喜欢。爸爸，你不能不要妈妈。"

我把可心抱在怀里："傻孩子，爸爸怎么会不要你的妈妈呢？不管发生什么事情，她永远都是你的妈妈。"

可心说："那你叫雪晴阿姨来吧！"

可我已经没了心情，我说："算了，刚才是爸爸恰好收到雪晴阿姨的短信，才临时有这个想法。下次，我们再提前约雪晴阿姨跟我们一起吃饭，好吗？"

可心懂事地说："好！"

我给雪晴回了短信："我很好，谢谢关心，改天请你吃饭。"

我仍然点了可心爱吃的小花螺、烤羊排，还点了一些有利健康的蔬菜。

菜上齐了，我边吃边问："可心，你觉不觉得爸爸在当逃兵？"

"爸爸怎么会是逃兵呢？"

"唉，这个时候，本来应该和妈妈还有外公外婆一起吃饭的，爸爸却带着你躲了出来。"

"那可心也是逃兵。"

"可心不是，可心是被爸爸带出来的。爸爸刚才心情实在是太不好了，我怕在家里吃饭会忍不住发脾气。你妈妈，其实挺可怜的。"

"可心也可怜，妈妈不认识可心了。"

"可心，妈妈慢慢会好的。你还有爸爸，对不对？"

可心点点头，神色黯然地用牙签去挑小花螺。

吃完饭，我赶紧带可心回家。说实话，这顿饭我吃得很不安，心里一直记挂着舒馨。

一进家门，就觉得家里的气氛非常不对。

舒馨从回家起，一直吵着"要回家"。

他们已经吃过饭，岳母要给舒馨洗澡，舒馨一直不肯，一直说要回家。

我让可心自己到书房去做作业，然后，我对岳父岳母说："你们看会儿电视去吧，让舒馨先安静一下。"

电视机一打开，他们选择看一个战斗片，舒馨也被电视吸引了过去，她看得似乎非常认真。

我于是进到书房陪可心。可心做完作业，出来找舒馨说话，舒馨就是不理她，有好几次做出推开可心的动作，弄得可心伤心极了，我只好让英子带可心先去洗澡。

好不容易哄睡可心，我来到客厅，他们仍然在看电视，我说："先把电视关了吧！"

电视一关，舒馨就开始吵着要回家。一直没作声的岳父发话了，他说："嘉懿啊，这段时间真是辛苦你了。我看既然舒馨这么想回她的家，我想和你妈明天先把舒馨带回家试试。过一段时间，等舒馨好转了，再把她送到这里来，你看行不行？她现在这个样子，会让你心情不好，也影响可心。"

我觉得这可能也是一个办法，于是到卧室里拿出两万块钱现金交给岳母，说："这样也好，这点钱你先拿着，这两天看看要买点什么。

过几天我先送你们回去，有什么情况我随时赶过去。"

岳母没说什么，默默收下，她知道舒馨回去，要花钱的地方太多了。

岳父对舒馨说："现在外面天黑了，我们天亮了再回家，好不好？"

这一次，舒馨乖乖地点头。

我的心又是一阵痛。

Chapter 30

龙思远：因祸得福

没有看到命运的底牌之前，不必轻言放弃。

祸与福，有时候是可以互相转化的。

原本以为走投无路的男人迎来云开日出的时刻。

这一刻，看到龙思远的这一刻，我的心头竟然充满了感动。

我相信眼前的龙思远，已经彻底恢复到了他平常的样子。他穿着一套笔挺的西装，神态自若，看起来又亲切又庄重——非常标准的政府官员形象。

他前几次来咨询时的情景依然历历在目，他鹰一般盯着我的样子、他拼命抽烟的样子、他穿着休闲装终于开始放松时的样子，像放电影一样一幕幕涌上我的心头，现在，他终于恢复了常态。

"郭老师，我今天来，一来对你表示感谢，二来跟你道别。感谢就不用多说了。道别的意思，并不是说我要去哪里，而是，我想，以后我应该再也不会来你的咨询室，再也不会在你面前出现了。就算有机会在外面偶然遇到，我了解你们心理咨询的规则，你会表现得像不认识我一样，是这样吗？"

我笑着点点头。

"我是真的非常感谢你，在我精神最痛苦甚至充满恐惧的时候，只有你一个人和我分担，只有你一个人知道我的恐惧和噩梦。"

我笑笑说："龙先生，假如你真的只是表示感谢和道别，其实今天你已经不用做咨询，如果你愿意，随时可以离开。"

"郭老师你是不是有别的事？"

"没有，这一个小时，我是专门留给你的。"

"那就是了，为什么要赶我走呢？我还想把这件事好好总结一下。"

我开玩笑说："因为我想替你节约一个小时的咨询费。"

说实话，之所以说出他可以随时离开的这番话，是我还真想替他节约时间和精力，我相信他现在又要开始忙碌了。当然，还有一个原因，潜意识里，我也不想再见到他，因为他曾经带给我太多的压力。

龙思远说："我们中国有句老话：'塞翁失马，焉知非福'，我算是领教了。那时候，我差点被人家逼死。是真的，如果意志力没那么强，脆弱一点的人，还真可能就自杀了。好了，事情总算过去了，组织上来了个工作组，对我进行了全方位的调查，结论是我没有任何问题，现在，组织部门把我派到省直机构去当部门负责人，当然，性质是平调，并没有升级，但是平台可以说比以前好得多，这不是因祸得福是什么？"

他顿了顿，接着说："还有我的女儿，'炫富门'事件中，她又生气又害怕，晚上睡觉都睡不着，现在，她自己变得更成熟、更坚强，而且，还有一个好消息，她和她的那位富豪同学产生了感情，现在两个人正式恋爱了，今年春节他们会一起回来，来过中国年，你说这又是不是坏事变好事？"

我的精神也为之一振，说："那真是要好好恭喜你们，守得云开见日出。"

龙思远说："这人啊，只要做事做人经得起推敲，有点儿什么波折，也一定能够挺过去。其实我以前参加高考就有过一个类似的例子。本来学校要推荐我，保送我到湖南农业大学，结果没想到我的档案里不知道哪个环节出错，把我的身高弄得矮了十厘米，当时来录取我的老师不满意，说我个子太矮。这件事我自己当时还不知道，是后来学校的老师告诉我的。于是我只好参加高考，最后，我被华东师大录取了，比保送的学校条件好得多。你说，这不也是塞翁失马的例子吗？"

我点头说："是的，我们的一生，时时刻刻充满了变数。总之，一个勇敢、坚强、正直的人，最后总是更有胜算。"

龙思远突然想起什么来，他说："郭老师，我有一个不情之请。"

我说："不用客气，你直接讲就是。"

他犹豫了一下说："郭老师，我找你咨询的事，你不是写了咨询手记吗？我还在上面签了字，我能不能请求你销毁这些笔记呢？"

这个要求是我没有预想到的，以前从没有来访者提出过这样的要求，我沉默地思考起来。

他说："其实这个咨询手记留着，对你来说，并不是必要的；从另一个角度来说，留着这些资料，对我来说，会有不少隐患，上面有我的亲笔签名，我会非常不安心。不过，为了对你表示补偿，如果你需要把我这件事说出去，作为案例也好，作为文章素材也好，你可以用化名使用。但，有我亲笔签名的部分，必须要毁掉，不然，我总会有顾虑。另外，我还要告诉你一件事，那剩下的五十万，我已经匿名捐给了一家老年福利院。说实话，那五十万留在我手里，我也会很自责。"

我终于点点头说："好，我答应你的要求，可以销毁这些咨询手记。"

　　我起身把跟龙思远有关的档案拿过来，找出那几份有他签名的咨询手记交给他。他抽出有他签名的几页，先把自己的签名撕得粉碎，然后，他说他要把这几张咨询手记拿到卫生间里去烧掉。

　　我点点头，同意了。

　　说实话，在所有的心理咨询案例中，这样处理心理咨询手记，还是第一次。我所有的心理咨询手记都归档编号了，只有龙思远例外。

　　之所以同意龙思远的请求，那是因为，这一切已时过境迁，何况，留着这些东西，一方面会让他不安，另一方面，对我来说也没有太多好处，不如销毁来得痛快。

　　龙思远离开的时候，跟我来了个大大的拥抱，他拍着我的背说："兄弟，谢谢你！"

　　我的心中顿时涌起一股暖流。

Chapter 31

非婚生活也是一种人生选择

婚姻也许是捆绑两个人的不错手段。

但，婚姻只是一种选择。

维系亲密关系的，还有许多方式。

One

好容易有约见雪晴的时候，我才惊觉自己和她已经半个月没见面了。不过，我们每天都有电话或者短信，所以，心理距离倒是并不觉得远。

这段时间，送舒馨和岳父岳母回乡下，到外地一家知名企业讲课，好一阵忙乱，非常辛苦。

下午六点，我坐在咖啡厅的小包厢里，当雪晴款款走进来的时候，我禁不住眼前一亮。

她穿着一件我从没见过的浅灰色皮草，显得气质高雅，又不失时尚。

我忍不住称赞："好漂亮！"

她带着可爱的娇媚神色问："你是说衣服漂亮，还是说人漂亮？"

我说："当然都漂亮。"

她得意地说："你还记得我有次跟你讲的事情吗？我说我差点成了一件衣服的奴隶，可是今天，我还是心甘情愿当奴隶了。"

"为什么呢？"

"我的一本小说被一家影视公司看中，会拍成电影，我有了一笔不小的收入，所以，毫不犹豫地去买回了那件衣服。买件衣服都一万多！这辈子我第一次这么奢侈。"

"那要恭喜你！"

"唉，没什么好恭喜的。我这人，有个臭毛病，如果看上了什么，就老想千方百计地把它弄到手。自己活得累。"她笑着白了我一眼，"连对人都是这样，喜欢一个人，就老想着要跟他在一起。好惨！我要哭，大哭一场。"然后她假装哭。

真是很少看到雪晴如此戏剧化地开玩笑。这是她的另一面。

我哈哈地大笑起来："这多好啊！人就这么一辈子，能够实现自己的愿望，找到自己喜欢的人，难道不是一件好事情？"

雪晴收敛自己的淘气表情，叹息一声，正色说："是不是好事情，有时候，因人而异。我今天想要好好跟你谈一些事呢。"

我很清楚她想跟我谈什么，其实我也在等待这一天。该来的，就要来，何况，我也不喜欢一件事情不清不楚地随意进行下去。

我说："先吃饭，吃完饭，我们再开诚布公地好好聊一聊。"

服务员撤走餐具，雪晴把头靠在我肩上："嘉懿，我怎么觉得你有回避我的倾向？"

我用额头抵住她的额头，坏笑着问："有吗？我怎么没觉得？事实上我每天都在想你。"

　　雪晴正色说："我是很认真地跟你谈这个问题，不准嬉皮笑脸。"

　　我想了想，也正色说："可能是我的一些潜意识出卖了我。也许我是有回避你的倾向，因为我有顾虑。"

　　"我来猜猜你有哪些顾虑。首先，可能你怕我吵着要跟你结婚；然后，我感觉你是一个非常讲感情的男人，可能你怕和我在一起，会对不起你的爱人；第三，你已经算半个公众人物，在心理学这个领域已经有一定的名气和影响，你怕被外界知道我们的交往，影响你的个人形象。主要是这三点顾虑，对不对？"

　　我望着雪晴，半天不吭声，我承认她都猜对了，不得不佩服她的冰雪聪明。

　　雪晴哈地笑了起来，她说："今天晚上我要跟你谈的事，就是希望能够消除你的顾虑。第一，至少这几年，我根本没打算结婚，事实上，婚姻和爱情，根本就是两码事，打个比方吧，可能并不确切，但我愿意这样说，婚姻就像是植树造林，而爱情却是去看风景，真正能够经受考验、升华成婚姻的爱情，才是美好的，我会在我们之间设定至少五年的考验期；第二，如果你觉得你自己对不起舒馨，我不知道为什么你会有这样的想法，事实上，如果你和舒馨的事情别人都知道，我相信十个人里面会有九个人认为是舒馨对不起你，当然，我同意，她也是一个受害者，如果你真的对她有负罪感，这个我无法帮助你消除，你只能自己好好想清楚，再决定到底要不要跟我在一起；至于第三点，其实我也在慢慢成为一个有一定名气的人，我个人是无所谓的，我觉得我的感情，完全是我的个人隐私，谁非要那么无聊去搬弄是非，那是别人的事，和我无关，何况，我们可以尽可能小心一点。我不觉得谁会对我们两个人特别有兴趣，会一天到晚盯着我们不放。"

　　雪晴的一番话吸引了我，我问："为什么这几年你根本不打算结婚？"

Two

　　她想了想，说："可能是因为我被伤得太严重了。恕我直言，目前我们这个社会对女性是不公平的。一个四十岁左右的女人，不管她是不是很优秀，想要找到一个合适的结婚对象是真的比登天还难。我说得直接一些，一个男人如果四十岁还是独身一人，这样的男人很少是个好男人；就算这个男人是个好男人，他也会受到社会价值观的影响，去找一个更年轻的女人而很少会接受他的同龄人，当然，像你这样有自己内心价值观而不受外界影响的人非常少见。因为我们这个社会是以女人年轻漂亮、男人有钱或者有权为价值标准，只要这种价值观不改变，一个中年女人就很难再找到一个合适的结婚对象。"

　　我说："那你是不是同样也受了这种价值观的影响呢？也许你不喜欢把女人年轻漂亮当作是有价值的体现，可是，你对男人的态度呢？你能说你真的一点都不在意这个男人是否成功吗？当你去找一个男人的时候，假如他只读过中学，收入很低，就算他人很好，你又愿意嫁给他吗？"

　　雪晴愣了愣，然后说："你不能举太极端的例子。事实上，如果一个男人真的很好、很优秀，那么，不管他在什么样的环境里，都不会落魄太久。"

　　"那可不一定！要知道，成功需要太多的条件来成就，被埋没的、郁郁不得志的优秀人才多得很。而且，你仍然是以男人的成功为价值标准的，显然，你刚才话里的意思是，如果男人落魄，一样很难得到你的青睐。"

雪晴终于点点头："好，我承认，我确实也受了这种价值观的影响。比如，我找了这么久，也就只找到你这个让我真心喜欢的坏蛋。"

我故意一本正经地说："谁说我是坏蛋？我哪个蛋是坏的？"

雪晴大笑着捶我，然后她渐渐收起笑脸说："我们的讨论还没有结束。"

雪晴深深地看着我的眼睛说："我不是一个跟你上过床，就会赖着你不放的女人。如果你愿意，你随时可以离开我。"

我抱紧了她："我不愿意离开你。"

她温柔地亲亲我，接着说："如果你愿意跟我保持亲密关系，那么，我可以不要婚姻，除非有一天，我们两个人都想要。出于对你的关心，也怀着一份私心，我找医生打听过，我知道舒馨完全不可能彻底恢复，她的智商会永远只有八九岁。也就是说，事实上，即使你不离婚，你和舒馨的婚姻肯定也会名存实亡。我可以不用逼你给我一个婚姻的外壳，但是不要婚姻不代表我不要感情归属。婚姻是人类文明建立起来的一种制度，一种形式，但是，感情归属，却是两个相爱的人自觉自愿的约定。我希望知道，你是有诚意要和我保持深刻的感情联结的，这种感情的联结，两个人都希望它能够尽可能长久，而不是今天两个人还好好的，明天两个人当中的某一个就翻脸走人，就像你上次那样。"

我郑重地点点头。

雪晴叹息一声："事实上，两个不相干的中年人，能够走到一起，灵魂与身体都那么接近，确实是一件很难的事情。可能你不知道，在私生活这件事情上，我根本不是一个很随意的人。不知道为什么，偏偏对你那么有好感。嘉懿，我真的希望我们都能够好好珍惜对方。"

我吻住她，不让她再说话。

这时候，我的手机不合时宜地响了起来，是可心。

"爸爸，你今天什么时候回家？"

我看着雪晴，对电话里的女儿说："可心，今天你先睡，好吗？爸爸还有事情，要晚一点回家。"

"那爸爸明天要早点回来陪我。"

"好，爸爸明天一定早点回来，陪你一起吃饭。"

"爸爸晚安！"

"乖，做个好梦。"

雪晴望着我笑道："真是个好爸爸。"

我坏笑："对，我是个好爸爸，但更是个好男人。走吧，别绕弯子了，我们直奔主题去！"

雪晴装蒜："直奔什么主题啊？"

我说："直奔王子和公主从此过上幸福生活的主题。幸福生活，你不知道吗？"

拥着雪晴往外走的时候，我的心微微地有些颤抖。

一个真正销魂的夜晚就这样拉开序幕。

Chapter 32

在不完美的世界里倾听内心的声音

在这个瞬间，梗在我胸口的顽石缓缓碎裂、融解。

世界确实不完美，但我们终究可以找到安慰。

One

早上八点，我刚把可心送到学校，袁思静打我的电话，她急急地说："郭老师，真是对不起，你今天早上八点半有个心理咨询预约。来访者就是那个代孕的女大学生章雨菡，她十点钟要做体检，所以把咨询时间安排得很早。我昨天晚上打你电话的时候，你关机了。"

昨天晚上我十一点才关机，袁思静早干什么去了？这小丫头，估计是被爱情迷昏头了，我说："好，没关系，我马上赶到咨询室，时间还来得及。"

几个月不见，章雨菡的肚子挺得很大，看起来应该这几天就要分娩了。然而她进来的时候，脸上却挂着泪痕。

她看到我，马上朝我扑过来，泣不成声。

我扶她到躺椅上坐下，轻轻拍了拍她。好不容易等她安静下来，我问："发生什么事情了？你要尽可能控制情绪，孩子就快生了吧？"

她用餐巾纸捂住嘴，似乎还在拼命忍住自己的哭泣，她说："再过一周就是预产期了。但是，医生要我提前住院，说我太伤心了，随时会有早产的可能，也会有危险。"

"什么事让你这么伤心呢？"

"我哥哥，他的病突然发作，又住进了医院，病情比上次还严重！"章雨菡再一次痛哭起来。

我呆住了，这个女孩儿，真是命不好，一再地遇到伤心事，也难怪她会这么张皇失措。

可是，伤心完全于事无补，我要寻找一些目前对她仍然有益的因素。

我边递给她一张纸边说："雨菡，你现在静下心来考虑一个问题。在这件事情当中，还有什么能够帮助你？来，认真想一想，慢慢写下来。"

那张纸很快就被她的泪水打湿了几个地方。

她努力让自己平静下来，在纸上写下"20 万"。

我马上明白了。她是说，孩子生下来之后，她还可以得到 20 万报酬，这是她很快可以拿来帮助哥哥的。

我点点头："你知道就好。现在，你哥哥病情非常严重，如果你好好保重自己，顺利生下这个孩子，你还可以拿这笔钱去帮帮他，同时去安慰一下你爸爸妈妈。所以，你应该清楚，你要努力让自己平静下来，一定要理智一些。"

章雨菡哭着说："可是还有一件事，我一直想告诉你，但我没勇气说出来。"

我望着她，不出声。

她说："我和我哥哥，关系和别的兄妹不太一样。"

"你是指？"

她用手掩住自己的脸，喃喃说："我和我哥哥，像一对情人。也就是说，我们，曾经在一起。"

我明白了，她的意思应该是说，她和她的哥哥之间有性关系。

"我们都知道这样不好，可是，我们是情不自禁的。我们本来打算这辈子两个人都不结婚，就这样过一辈子。可是，我好怕我哥哥治不好！"

章雨菡再度哭泣，哭了一阵，又自己止住了。

我拿出水晶球，她的情绪那么具有破坏性，需要适度的安慰和催眠。但愿，她自己能渡过这最后的难关。

从浅催眠状态里醒来，她看起来安静多了，她说："郭老师，人的命运真的很奇怪。就算我哥病了没钱治，如果不是因为认识方嫂，我不可能会想到代孕这条路。唉，这世界，有时候，真的太残忍了。"

我轻轻拍拍她的肩膀安慰道："是的，你确实承受了很多的苦难，但是请你记住，你要想办法，让这些苦难成为值得的事情。以后的岁月里，当你再碰到什么挫折，你要告诉自己，那么痛苦的时刻，你都挺过来了，还有什么大不了的事情呢？"

她点头，擦干眼泪。

送走章雨菡，袁思静叹息着说："我其实一直不相信什么命不命的，可是看到这个女孩儿，真的不信都不行。"

我做了个深呼吸，说："好了，清空自己吧。人没有办法替别人背负太多，每个人都有自己的命运，我们得学会活在眼前的时间与空间里。"接着，我再长长地伸了个懒腰，微笑道，"说吧，最近跟魏东来，是不是太甜蜜了？昨天晚上你肯定是十一点以后才想起来打我的电话。"

袁思静兴奋地说："不瞒郭老师，昨天晚上我们几个人在湘江边上的一条渔船里喝酒、吃鱼火锅，确实闹到十二点我才想起今天的事。真对不起，下次不敢了。"

我笑一笑："看在你如此幸福的分儿上，这次原谅你。"

袁思静看着我说："郭老师，你自己的事，最近怎么样？我知道师母已被她爸爸妈妈接回乡下了。"

"你怎么知道？"

"雪晴老师告诉我的啊！我跟她联系很多呢。你放心吧，我绝对不会对别人说起你的事情，连东来，我都没跟他提起过，我希望你能过得快乐一些。"

我相信袁思静说的是真的。

这些天，我一直在想，这世上，真没有什么事情是完美的。

随时关注自己的内心吧！

知道自己真正想要的是什么，尽可能遵循内心的指引，在这个不完美的世界里，寻求一切有益的安慰。

Two

又该外出两天了。

过去这段时间，先是发现舒馨反常，然后是舒馨出事，我居然一直没去做那件我自己必须做的事。

我又该独自去一个地方，去见一个人——在我生命中极为重要的一个人，我不能不见的一个人。

　　但是我突然改变了主意。这次，我不愿意再一个人去面对那一切，我要雪晴陪我一起去。

　　我答应过和她结伴出游。

　　我们走进一个农家小院的时候，是中午一点多钟。

　　一位四十出头的妇人迎上来，对我说："嘉伢子，你总算来了，老太太正在午睡。"

　　她迟疑地看了雪晴一眼，我简单介绍说："这是雪晴。"

　　她见我没有进一步说得更清楚的意思，于是便开始忙着倒茶，四处张罗。

　　我对雪晴简单地说："这是张姨，专门照顾这个家里正在睡觉的老太太。"然后我拿出烟来，点燃，却不抽，也不说什么。

　　雪晴望着我，困惑地张了张嘴，似乎想问什么，又知趣地紧紧闭上了嘴。她不是一个多话的人，她知道我现在什么也不想说。

　　我和雪晴喝着张姨自己采制的茶，不时默默对望一眼，却始终什么也没说。

　　一阵迟缓的脚步声响了起来，张姨扶着一位头发全白的老太太出来了。

　　我迎上去，雪晴也跟在我身后。我把老太太从张姨手里接过来，老人仔细看看我，哆嗦着嘴，吃力地问："你来了？"

　　我说："对，我来看您。"

　　我拿出带来的礼物：一件羽绒服，一床电热毯，几盒补脑安神口服液，还有一些松软的糕点。

　　又一个冬天快来了，我要替老人及早做好准备。

　　老人用混浊的眼睛望着我，喃喃说："你是个好人，好人。"

　　我不说话，安静地望着她。

　　她犹豫了一下，说："我想麻烦你一件事。"

　　我的脸上闪过一丝痛苦，我知道她要麻烦我什么事，她一定是要跟我谈起她的老二，以前每次都是这样。

　　我于是淡淡说："什么事，请讲。"

　　她偏转头，望着窗外。那里有一棵树，树上光秃秃的，叶子全落了，一只喜鹊站在枝头，灵活地转动着脑袋，东张西望。

　　老太太说："我想要你给我的老二写封信，要他快点回来。"

　　我转开头，强忍着泪水说："好，我这就去给你写。"

　　然后我去包里找纸笔。

　　老太太仿佛得到了安慰，眼神亮起来，坐在那里一动也不动，大概是在回忆她和她的老二曾经在一起的时光吧。

　　我拿起笔和纸，却踌躇着不知道该如何落笔。

　　雪晴终于忍不住了，她说："嘉懿，现在科技那么发达，你给她的老二打电话不就行了吗？打电话让她的老二快回来。"

　　我沉默一阵，而后低声说："她的老二已经回来了，只是她不知道。"

　　"那她的老二在哪里？"雪晴困惑地问。

　　我转过头，看着雪晴，慢慢说："我，就是她的老二。"

　　话没落音，我的泪水再也无法控制地流下来。

　　是的，这个老太太，就是我的亲生母亲。以前每次回来，我都告诉她："我就是你的老二，你是我的妈妈。"但是她根本不认识我，只是执着地一次次要我给她的老二写信。

　　在我去读大学的第一年，我的父亲肝癌去世，母亲受不了这样的刺激，突然失忆，成了一个有智力障碍的人。

那是生命中最黑暗的一年，我入学的第三个月，就被一份加急电报催了回来，等我到家，父亲已经断气，至死都没有看到他这世上唯一的儿子；料理完父亲的后事回到学校，一个多月之后放假回家，我的母亲见到我，眼睛直直地望着我说："我想要你给我的老二写封信，要他快点回来。"

我惊呆了，半天回过神来，我抱住她哭着说："妈妈，我就是老二啊！"但是她只是看看我，然后固执地重复，"我想要你给我的老二写封信，要他快点回来。"

她一直在心里记得她的老二，也只记得老二。但是当她的老二站在她面前，她却再也认不出来。

这个被苦难刻上了烙印的妇人，我的母亲，一辈子一共生过四个孩子，只有老二还活着。

老大是男孩儿，五岁的时候淹死了；老三是女孩儿，七岁时在一场流感中病死了；老四三岁的时候被人拐走了，这么多年一直没有任何音信。

只有老二，也就是我，活了下来。只是这些事，我没有告诉过我后来认识的任何人，包括现在同样有了智力障碍的我的妻子舒馨。

为什么命运要把这么多苦难集中在我身上？集中在我的母亲身上？

好在这么多年，我挺了过来。

雪晴惊愕地看看我，再看看我的母亲。她突然想起什么似的，请张姨帮忙端来一盆热水，吩咐我给我母亲洗脚、按摩。

我没太明白雪晴的意思，但我开始尝试着给我母亲洗脚，用手指轻轻按摩她的足底。

突然，老太太的眼睛亮起来，她盯着我，慢慢地、喃喃地说："老二，老二回来了？"

我简直不能置信，紧紧盯住老太太，不敢出声。

她伸出手，颤抖着，摸摸我的头，叹息一声，做梦般地说："老二，娘想你。"

我把头埋在母亲的膝上，热泪奔流，无法出声。

雪晴蹲下来，紧紧抓住我的手，哽咽着说："嘉懿，嘉懿，你受苦了！我一定要让你幸福，从现在起，我要让你每天都是幸福的。"

我还是没出声，只是伸出一只手，把雪晴抱在怀里。

我一直知道，幸福，仍然是有可能的。

后记：我梦见即将与王子结婚

一定要高度关注你的梦！我是说真的。

以我许多次人生经验看来，尤其是从我幸运地闯过一场生死劫难的经验看来，梦是我们的身体，甚至我们的命运，在跟我们对话。

不能不承认，做这样一个即将与王子结婚的梦，对于处在我这个年龄段的人来说，实在显得有些幼稚。但心理学对于梦境，自有不同的解释。

先回顾一下做这个梦当日的背景：

上午在家里上网，没能进入写作状态，放任自己无所事事地在微博中、QQ群里、各个网站闲逛一通；中午过得极其奢侈，和我的闺中密友在"天天渔港"美餐：大明虾、鲍鱼仔、香芋蒸排骨、橄榄菜四季豆，然后我们一起到长沙最豪华的美容院去做美容。美容过程中，舒舒服服睡了一觉，好不容易爬起来往体重计上一站，天哪，我居然108斤了！这不行，我得开始启动节食计划——忍不住在心里埋怨某位同志，动不动就说喜欢我长胖一些。

下午五点多，坚决拒绝好友要开车送我的美意，选择自东向西穿过烈士公园步行回家，途中狠狠心找借口推掉了一个请我吃大餐的约会；决定晚餐只吃一个苹果——边啃苹果边想着如果我去吃饭，该能享受多少种美食，想得口水都要流出来了，谁叫我是个热爱美食的人，这种人时下被称为"美食控"。

在电脑前边写这本书的最后一章，边在QQ群里偶尔跟桂阳三中初中49班的同学聊聊天，此时一位政界的同学带队在湘潭等地考察，本来我想和他们一块四处去看看，可是因为这两天儿子会回家度周末，只好忍痛没和他们一起去——我很想动手写一本以女市长为主角的小说，本来打算多跟从政的朋友近距离接触，以便积累更多写作素材，看来只能另外再找机会。

晚上九点半，我那九岁半正读小学毕业班的宝贝儿子天天小朋友准时来电话："妈妈，这次期中考试，我的语文只考了82分——"

我吃惊不小，因为这孩子的语文成绩一直是数一数二的，于是问："最高分是多少？"

他回答："最高分也是八十多分。另外，我的英语99分，全班第一名，数学成绩还没出来。"

于是我高兴地半表扬半批评道："妈妈真高兴恩恩的英语考得这么好。不过，宝贝，学习是自己的事，不能哪一门功课，妈妈逼得紧一点就哪门考得好一点，好不好？"

天天说："好。"

然后我想起一件事，接着说："我今天主动给你的老师打电话了，我告诉老师说你的同学找我告状，举报你被罚站了一节课，然后你告诉我，你只是下课的时候推了推椅子，老师就这样罚你。"

天天关心地问："那老师怎么说？"

我说："老师说，她对你的学习非常满意、非常喜欢，就是觉得你的小动作太多了，太喜欢玩，吃饭不安静。妈妈就说，对小孩子，可能我们没必要要求太严格，当然，原则性的错误绝对不可以心慈手软，但是像吃饭做做鬼脸这样的小事，也就算了。然后妈妈特意跟你们老师讲了最近网上流传的一些关于惩罚孩子的不科学方式——绿领巾、红校服、学生迟到被逼互扇耳光等，妈妈希望老师给你们一个更宽松的环境。"

天天说："嗯。"

我继续说："崽崽，总之，你在学校一定要照顾好自己，妈妈希望你又健康又快乐，成绩又好。"

天天说："好！妈妈 Bye bye！我要睡觉了。"

——我真的不是一个足够称职的妈妈，孩子还很小，就让他读寄宿。不过，对我来说，虽然这不是最好的选择，但却是一个最可行的选择，我希望孩子和我自己都有足够的空间。

就这样，在我的身体和精神都比较愉悦的情况下，好梦开始了。

梦境：

我就要和王子结婚了。

王子的妹妹，也就是公主，开始教我宫廷礼仪——梦里公主的形象似乎是以前某个男朋友的妹妹，圆脸，大眼睛——可是她的动作太飘忽，我没怎么学会；但是另一些礼仪，比如就餐时仪态要端庄，背要挺得笔直，这个我倒是无师自通。

为了得到国王的认可，我来到国王经常吃饭的一个餐馆——很奇怪，这家餐馆环境却非常简陋——看到了一个女服务员，我认定她是"国王的服务员"，于是让她为我准备国王常吃的东西，目的是让我先适应国王的饮食。但梦里并没有梦见究竟吃了什么东西（这应该是晚餐只吃一个苹果的后遗症，身体在发出饥饿的信号，潜意识有所回应，梦境中便有餐馆）。

随后，国王来看我——国王的形象也就是在电视里经常看到的中央领导人的形象，具体是谁倒记不真切了——国王对我非常满意。然后，电视媒体在准备做这场盛大婚礼的直播，我开始准备自己直播时的演说词，只记得其中一句话是这样的："能与王子结婚，这是我今生最美的童话。"

有意思的是，我要与之结婚的王子究竟是谁，梦里完全没有出现。

解梦：

这个梦是真的，我真的做了这样的梦，可惜我记得还不够真切，遗忘了一些情节和细节，它们隐隐约约在那里，我却想不起来。人的记忆是可疑的。

梦的意思其实很简单：我渴望美好的爱情和婚姻；现阶段，我渴望成名——我不认为需要掩饰这样的内心愿望，而且因为我的系列作品（心理小说《你内心的小纸人》、《我用什么来安慰你》、人物传记《因为尽情，所以伤心——纳兰容若传》）已陆续上架并得到好评，成名已经有了一定的基础。

事实上，即将与王子结婚，并不只代表这件事本身，可以解读为即将有很好的、做梦一般的事情发生。

好了，扯了那么远，还是回到这本书来吧。

这本书里的男心理咨询师郭嘉懿，是一个假想的我自己——自我中男性化的成分，书里的一些心理咨询案例，是有现实基础的；女作家雪晴身上，也有我部分的投影。不管你喜不喜欢，一个作家，会在自己的作品中，用各种方式，对内心进行没有止境的探索，如同采矿。人的内心本来就是一个没有穷尽的世界。

在把这本书的电子版给朋友们试阅读的时候，龙思远这个有敏感身份的角色，得到最多的关注，也受到最多的质疑。我相信，你有自己的判断和结论。

晓梦

图书在版编目（CIP）数据

谁的心中不曾有伤 / 晓梦著. — 北京：北京联合出版公司，
2016.4

ISBN 978-7-5502-6835-7

Ⅰ. ①谁… Ⅱ. ①晓… Ⅲ. ①长篇小说－中国－当代
Ⅳ. ①I247.5

中国版本图书馆CIP数据核字(2015)第313317号

谁的心中不曾有伤

作　　者：晓　梦
出版统筹：新华先锋
责任编辑：孙志文
策划编辑：黎　靖　李　娜
封面设计：王　鑫
版式设计：王　玥
封面绘图：吴　莹　吴金峰

北京联合出版公司出版
（北京市西城区德外大街83号楼9层　100088）
北京雁林吉兆印刷有限公司印刷　新华书店经销
字数124千字　620毫米×889毫米　1/16　16印张
2016年4月第1版　2016年4月第1次印刷
ISBN 978-7-5502-6835-7
定价：36.00元